Únics

JOAN DURAN BOFARULL

ISBN: 9781791940706

DEDICATÒRIA

Aquesta novel·la és una mescla d'inspiracions que provenen, com no pot ser d'una altra manera, del meu entorn social i cultural, però també de la imaginació sorgida i retrobada de l'època de la meva infància en què llegia desenes de llibres.

Primer de tot, no vull deixar de tenir present que el fruit d'aquesta història és mèrit de la meva família, per donar-me l'educació i els valors per estimar la cultura des de ben petit i per animar-me dia a dia a créixer més com a persona. Sense la seva dedicació, avui seria incapaç d'atrevir-me a escriure aquesta aventura i més, quan he dedicat la major part de la meva vida a ser un home de ciències i no de lletres. Gràcies pels vostres consells.

Per altra banda, sense personalitzar en noms concrets perquè segur que m'oblidaria de gent importantíssima, també vull dedicar la novel·la a les meves amistats més íntimes, que han estat, sense voler-ho, còmplices de les meves reflexions i segur que, encara que sigui indirectament, han estat presents durant la redacció d'aquesta ficció.

Per últim, dedicar la novel·la a la meva parella, que ha estat l'única que ha sabut des de fa temps de la meva intenció d'escriure aquest relat, i que és la qui realment ha estat al meu costat, amagant aquest secret que tenia i la qui ha escoltat més d'una vegada la frase "aquest cop sí, acabo el llibre" quan això s'ha anat eternitzant i endarrerint constantment.

ÍNDEX

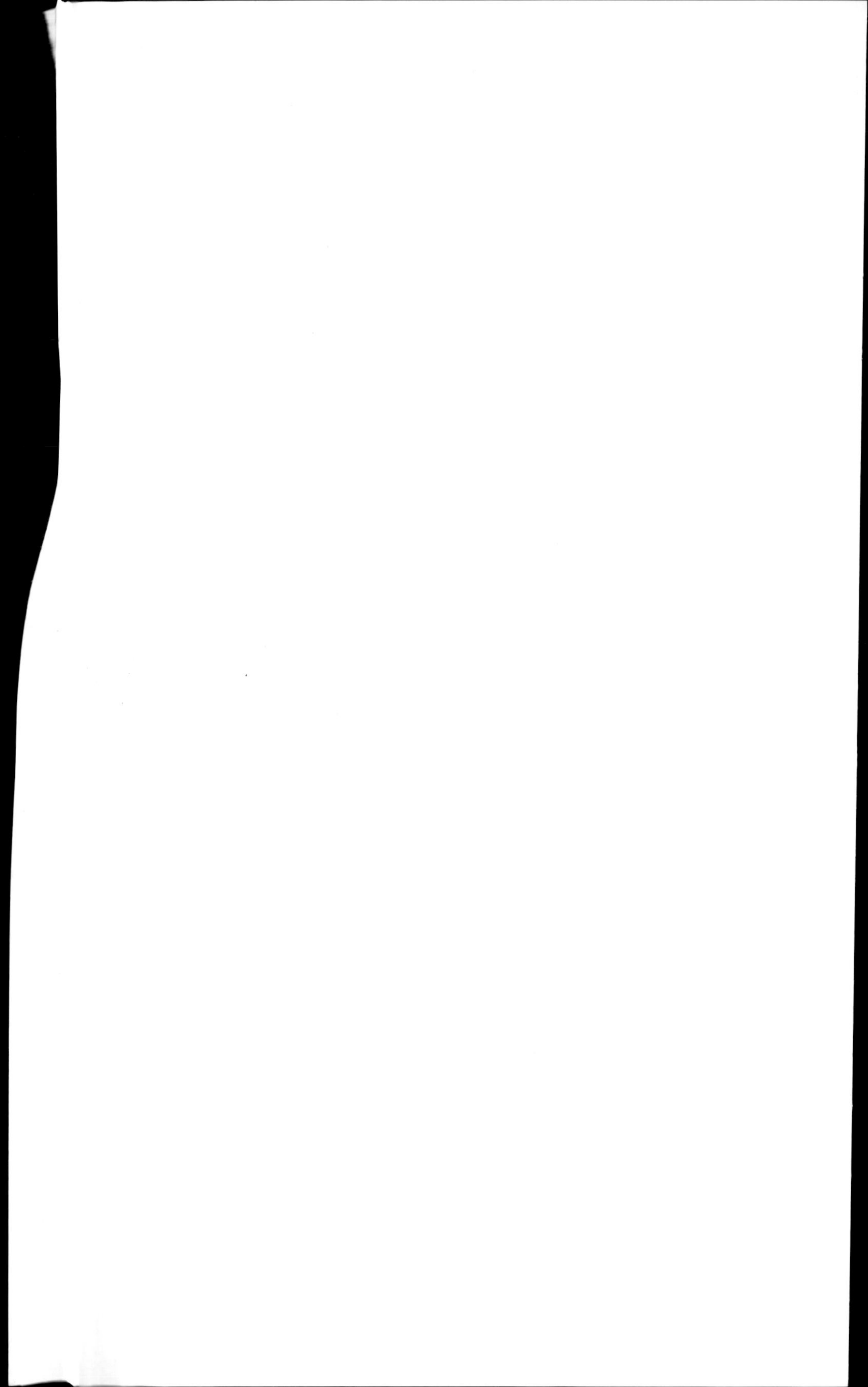

Lluita i esperança

Sembla mentida com, de vegades, la vida es pot esdevenir com la més cursi de les pel·lícules, on tot sembla senzill i res resulta important, tan sols allò que els humans en diem felicitat. El que també sembla increïble és com, en certs instants, l'existència es torna severa i insensible. Això passa en aquells moments on tot surt tan malament en un període de temps tan curt, que no ho sabem assimilar. És quan és més idoni utilitzar aquella frase que tant pessimisme contagia: "les desgràcies mai venen soles".

Potser tot això és el que devia reflexionar l'Eric Armengol, el meu amic de la infància, i per això sempre que penso en ell tinc l'esperança que si sabem lluitar, la vida sempre ens acaba posant al lloc que ens correspon.

Sempre existeix un principi en qualsevol tipus d'històries, però el cas és que actualment la meva rovellada memòria no em deixa saber exactament quan va ser realment l'inici de tot plegat. Per tant, començaré a explicar a partir del primer moment que em deixa recordar la meva consciència.

Capítol 1

L'Eric, la Mireia i jo

Des que tinc raó que conec l'Eric, una persona que sempre que la miraves, tenia preparat el millor dels somriures que et podia oferir. Ell era un nen (en aquells temps) que et podia fer reflexionar amb el que t'explicava però que alhora, també era capaç de fer les coses més incoherents i immorals que et poguessis imaginar. Això sí, fos com fos, ell era el meu amic, o més ben dit, el meu millor amic, perquè va ser l'única persona a la vida capaç d'entendre'm com si verdaderament formés part dels meus pensaments.

Sempre he cregut que l'amistat també té els seus propis nivells en funció de la connexió que tens amb l'altre. Érem companys de classe, companys d'esports extraescolars, companys de gamberrades, de festes... senzillament de petits ho fèiem tot junts.

D'orelles petites, nas afilat, ulls marró clar i amb els cabells negres com el carbó i sempre llargs (com si fos amant de música 'heavy', que no ho era), l'Eric allà on anava no deixava indiferent a ningú. Això sí, d'entrada la seva aparença no imposava gaire ja que era prim i llargarut.

Ell i jo vivíem al típic barri alt de ciutat, una zona de gent de dretes que no tolerava la diversitat de classes, d'estils i de pensaments i on tot es basava en aparentar que vivies millor que el veí del costat. Cada dia passejant pels carrers havies d'anar saludant a tot Déu (la gran majoria eren persones que només coneixies de vista) perquè després els més tafaners i pesats no et consideressin un mal educat.

Vivíem a la zona més rica de totes, allà on les relacions entre veïns eren extremadament tancades i pràcticament mai hi havia gent que no fos del barri rondant. Era (i suposo que encara ho deu ser) com una espècie de presó tan ben adornada i impecable que no semblava que fos la zona més avorrida i desgraciada de tota la ciutat. Per aquest motiu, sempre que podíem intentàvem organitzar aldarulls i confusió entre el veïnat perquè tot allò agafés vida de cop, perquè no sempre tot fos tan monòton.

Si una cosa tinc molt clara, és que el meu amic i jo (malgrat tenir la vida solucionada) allà no érem suficientment feliços. Sempre que podíem marxàvem amb la moto de l'Eric (bé, la moto del seu pare que ell li agafava sense que ho sabessin els de casa) fora d'aquell ambient a conèixer nous horitzons, nova gent, nous pensaments que ens obrissin la ment i ens ensenyessin quin era el món real de veritat.

Això sí, un cop tornàvem a casa érem els més respectats dins de la colla de joves que formàvem al nostre poc estimat veïnat. I la raó era ben senzilla: érem els més entremaliats de tots, els que no teníem cap problema en ficar-nos en tot tipus de merders per tal de sentir-nos superiors a tot al què ens rodejava. No ens enganyem, érem uns simples xavals (teníem 17 anys) que senzillament volíem cridar l'atenció de tothom.

Jo i el meu amic robàvem menjar per berenar del supermercat (tenint diners per a pagar-ho), escarmentàvem a la gent del carrer fent el boig amb la moto i fins i tot un dia vam trencar els vidres del cotxe del director de l'escola perquè... perquè... bé, la veritat és que no recordo ni el motiu (si és que realment ho vam fer per alguna raó concreta).

La vida que portàvem no era especialment convencional i també és veritat que ens faltava una família que ens entengués. I mira que tenir-ne, en teníem, com qualsevol persona que neix i creix ens unes circumstàncies normals.. el que passa és que xocàvem de ple amb la mentalitat conservadora i impositiva dels nostres respectius pares. I així vam sortir, rebels i despreocupats. A més, coincidia que els dos érem fills únics i per tant només ens teníem l'un a l'altre. Érem com germans, o més ben dit, com bessons, ja que teníem la mateixa edat i curiosament nascuts el mateix mes.

Per cert, perdoneu, que encara no m'havia presentat. El meu nom és Jofre, Jofre Escribà.

Aquells temps vam començar a tenir les primeres admiradores dins el nostre entorn perquè es va escampar una imatge nostre de nois "dolents" que va cridar l'atenció d'algunes noies que suposo que buscaven complicar-se una mica la vida.

A mi, personalment, m'encantava que m'anessin al darrera però quan em fixava amb l'Eric podia observar que a ell li era indiferent tot això. Sempre pensava que al ser encara "relativament" petits, a ell no li havia sortit aquell interès que de forma natural surt tard o d'hora pel sexe. Jo sí que intentava tenir el màxim de relacions possibles tot i que quasi sempre que ho intentava per mi mateix fracassava perquè no tenia gaire traça en tirar la canya, sincerament. Acabava pillant només quan eren elles les que es fixaven en mi.

Després d'anar provant triomfar amb més pena que glòria, un bon dia tot es va aturar per una noia del barri que feia temps que m'havien dit els meus amics que m'anava al darrera. Quan vaig saber qui era, vaig sentir com perdia el cap i el cul per ella. Necessitava explicar a algú el que em passava... i li vaig explicar a l'Eric.

Quan li estava descrivint el què sentia, a ell li semblava talment com si li estigués parlant un altre idioma. No entenia que es podia sentir passió per altres coses que no fossin l'aventura, les bogeries i tot allò que et produís adrenalina i estat de tensió permanent.

Jo li parlava de ganes de mirar algú amb timidesa sense que se n'adoni, de pensar en l'altre de manera quasi constant i que involuntàriament se't creï un somriure al fer-ho... i l'Eric feia una cara de no-res com si li estigués explicant quelcom que no entenia de cap manera. Tot i així, el vaig deixar pensatiu.

És evident que en aquell moment el paio no em va poder ajudar gaire... però jo em vaig quedar més alleugerit per haver pogut expressar amb paraules el que sentia per primer cop a la meva vida.

Van anar passant els mesos i petites coses van anar canviant, era inevitable anar-nos fent grans i cada cop veure que se'ns acostava una vida molt diferent a la que teníem, una existència que començaria a omplir-se de responsabilitats i de situacions que comportarien tard o d'hora començar a madurar.

Faltava no gaire perquè complíssim la majoria d'edat i aquella noia em continuava tenint totalment boig. Era molt exòtica: pèl-roja, amb un nas petitó, una boca gran amb uns llavis preciosos i uns ulls del color del mar que la feien molt especial. Jo m'havia enrotllat amb altres ties però de forma totalment infantil i ella era l'única que em cridava l'atenció de veritat. L'única capaç de fer-me pensar en una relació, no en quatre petons inexperts.

Mai havia tingut el valor de dir-li res. Començava a pensar que tard o d'hora marxaria de la ciutat o tindria una parella estable i tots els meus desitjos se n'anirien al fons d'un pou. Quedava poc per deixar l'institut privat on anàvem i passar a estudiar a la universitat. Era obvi que això implicaria un canvi de cicle.

Diuen que les casualitats poden ser fruit de l'atzar o producte d'un anomenat destí. La veritat és que actualment penso com seria la meva vida si no hagués existit el dia que ens vam conèixer per primer cop...

El cas va ser que estava esperant el metro mentre mirava, perplex, un cartell sobre l'anunci del nou disc dels "Never say never"(el meu grup preferit d'aquells temps), allà, a la paret de l'andana.

Jo no me n'havia adonat perquè estava observant tot content el contingut la pancarta (on posava que, a més, tocaven en concert a la ciutat), però quan vaig alçar la mirada la tenia just al meu costat, esperant i mirant també el mateix cartell. Em vaig quedar flipat per un moment quan la vaig mirar de tan a prop i vaig observar que duia a la seva motxilla una xapa del mateix grup de música.

En aquell instant, jo devia fer una cara tan estranya, que ella mateixa es va adonar que l'estava observant bocabadat.

- Veig que tu també estaves esperant un nou disc dels 'never', és un grup increïble. Ui.. perdona no m'he presentat, em dic Mireia. T'he vist molts cops pel barri... ets conegut per allà però no tens fama de santet precisament" – va dir mirant-me sense complexes.

Seguidament va fer un somriure que va trencar la immensa vergonya que tenia en aquell moment i vaig poder contestar de forma que no notés que ja tenia moltes ganes de que arribés el moment de conèixer-la. Tots dos vam estar mirant el repertori que tenia el nou àlbum amb el mòbil i vam estar xerrant durant una poca estona, la suficient com perquè jo li demanés si volia que ens veiéssim un dia per a anar a prendre alguna cosa.

Ella va acceptar la meva invitació i just en aquell instant la vaig mirar directe i fixament als seus ulls verd-blaus. En ells hi vaig trobar la confirmació a les meves constants preguntes que m'havia fet durant setmanes: a ella jo li agradava també.

Molta gent diu que els moments més feliços que sol recordar en una relació són el primer petó, el primer viatge junts, el casament, el primer 't'estimo', etc.... però ningú mai cita com a gran moment personal aquell en què tu ja has percebut que a l'altre persona li agrades (hagi ja passat alguna cosa o no entre els dos). És una sensació única, un benestar suprem que et porta a un període de felicitat dolcíssim, tan dolç que de vegades costa, un cop ets gran, recordar situacions més extremament agradables al llarg de la vida.

Allò va ser el punt d'inici d'un camí on vaig començar a experimentar i a descobrir les noves sensacions que t'aporta la relació amb una noia, molt diferents a les que estava acostumat amb els meus amics. Va ser el descobriment d'un nou món, on al principi et comportes d'una forma políticament correcte i mica en mica vas deixant entreveure tant les teves virtuts com els teus defectes.

Durant les primeres quedades amb la Mireia vaig fer coses que no havia fet de manera formal abans amb ningú. Quedar per anar a fer un simple refresc i xerrar, acompanyar-la a comprar roba, anar a visitar algun museu de fora la ciutat perquè deien que era "tan interessant", passejar per la muntanya descobrint nous arbres i ocells que no m'havia parat a escoltar mai... per primer cop em trobava a gust fent un tipus d'activitats que indubtablement em convertien en un tipus de persona que no havia estat abans: un personatge totalment normal i comú.

Amb poques setmanes vaig adonar-me que si abans havia estat un noi que només sabia renegar del que feia la majoria de la societat, ara em veia fent el mateix però sentint-me absolutament feliç. A causa d'estimar algú madurament, estava abandonant definitivament la meva etapa d'infantesa.

Paral·lelament a tot això, la meva relació amb l'Eric continuava impecable. Quedàvem sempre que podíem, ens divertíem junts i parlàvem durant llargues hores... o potser era com jo ho percebia.

Bé, no ens enganyem, la veritat és que notava com el meu amic començava a estar molest per alguna cosa i no sabia ben bé què era el que li passava pel cap.

Per resoldre aquesta incògnita vaig quedar amb ell al parc on, quan érem més petits, ens passàvem el temps planejant alguna malifeta per divertir-nos una estona. Era el lloc de reunió principal i si alguna vegada algú dels dos desapareixia, tant l'un com l'altre sabíem que estaria allà.

Evidentment, amb la confiança que ens teníem, li vaig preguntar què era el que feia que últimament no tingués sempre el somriure a la cara quan em veia.

Realment em vaig endur una gran sorpresa quan em va explicar els motius pels quals estava incòmode i angoixat. Em va comentar que ja feia temps que jo no era el mateix, que no tenia cap altra tema al cap que no fos la Mireia, que ja no tenia ganes d'anar amb ell a revolucionar el barri i que notava que les coses que sempre ens havien agradat fer als dos, eren ja cosa d'una sola persona.

He d'admetre que vaig reaccionar molt malament a les seves paraules. Sentia com si tot allò que m'estava dient era fruit de l'enveja que a ell li suposava que jo estigués amb una noia i ell no. Vaig fer el pitjor que es pot fer en aquests casos, que és actuar sense pensar i retreure coses del passat i petits conflictes que havíem tingut, que en principi ja estaven oblidats.

Segurament, el més greu que vaig dir-li, va ser que jo creia que ell potser m'envejava perquè les coses m'anaven bé en tot (posant-me en una situació de superioritat i menyspreant-lo totalment). Vaig fallar, perquè és ben sabut que en una amistat no hi ha millors ni pitjors.

Mentre discutíem, de sobte se'ns van acostar dos nois que deurien tenir uns quatre anys més que nosaltres. Un era prim però semblava fort de braços, mentre que l'altre era més aviat panxut.

El primer d'ells ens va dir:

- Ei, teniu pasta per deixar-nos?

- Perdona? – vaig preguntar jo, indignat.

- Sí, que doneu-nos el que tingueu. Va, feu-ho fàcil, imbècils. – va seguir, amb un to molt amenaçador.

Enmig de la nostra discussió, apareixien de sobte dos personatges per atracar-nos? No ens havia passat mai, encara, que hi hagués gent disposada a ficar-se amb nosaltres, però és que clar, estàvem parlant de persones que ens treien un pam i mig a mi i el meu amic.

Tot i així, la prepotència la manteníem intacte i per això jo els hi vaig contestar:

- Esteu flipant, oi? Veniu aquí, us poseu enmig d'una conversa entre dos col·legues i penseu que senzillament...

Pam. Directament no vaig poder seguir a causa d'una plantofada que em vaig endur a l'alçada de l'orella. Un d'ells, el més obès, em va fotre tal cop que em vaig quedar mut. Era el primer cop que em pegaven d'aquella manera.

Ràpidament, l'Eric va agafar i li va fotre una empenta al que m'havia agredit. Ara bé, com que era tan gros, pràcticament no el va desplaçar ni dos centímetres.

El noi prim que ens havia dit que li donéssim tots els diners va riure fort per ridiculitzar el meu amic i tot seguit va dir:

- Ostres nen em recordes a la meva germana petita quan m'intenta pegar. Que potser tens ganes de ser la meva germana petita?

Llavors a l'Eric se li van encendre els ulls de ràbia. Mira que podia dir que el meu company era un paio més aviat tranquil, encara que estigués una mica penjat. Però es va veure tan humiliat amb aquelles paraules que li va deixar anar un ganxo de dretes que podria haver estat de professional de boxa.

Jo, encara sense poder reaccionar, vaig seguir observant com aquell tio, al rebre aquella seca, quedava estès al terra. Seguidament, l'Eric es veia que en volia més. Estava molt cabrejat. Jo suposo que també estava amb l'adrenalina de la nostra discussió anterior i tot plegat el tenia ofuscat. Però no va dubtar en seguir pegant aquella persona que no havia tingut ni temps de reaccionar.

El noi gros que l'acompanyava en comptes de defensar el seu amic va sortir corrents en veure la ira desfermada de l'Eric. I jo, encara impactat, vaig agafar dels braços al meu amic mentre li deia que parés.

Per sort, vaig aconseguir que deixés de rebentar el xaval aquell perquè li vaig cridar que si seguia, algú cridaria a la policia. De fet, els veïns que teníem al voltant feien cara de por observant aquella situació.

- Marxem, va, córrer! – vaig exclamar, mentre el subjectava fort cap a mi.

Vam escapar el més de pressa que vam saber per tal de fugir d'aquell escenari. Jo, abans de girar la primera cantonada, vaig voler mirar enrere per observar si havíem deixat aquell noi molt perjudicat, però em vaig tranquil·litzar al veure que poc a poc s'intentava aixecar. M'hagués produït molta angoixa si l'hagués vist immòbil al terra, inconscient o alguna cosa per l'estil.

Després d'uns minuts llargs on ja vèiem mínim el perill, vam decidir parar i descansar una estona al costat d'una tenda d'electrodomèstics.

- Increïble, tio, quina canya li has fotut al tonto aquell, ja li està bé! – li vaig dir, eufòric, veient que havíem sobreviscut a un robatori en tota regla.

Ell es va quedar mirant al terra, pensatiu, mentre esbufegava per la cursa que havíem realitzat.

- Sí, no sé... és que em fot moltíssim aquesta superioritat, aquesta manera de dir les coses a la gent... l'hagués matat, en serio! – va exclamar ell.

- Ei, ei tranquil... només eren uns burros que venien al nostre barri a robar perquè saben que aquí hi viu gent amb pasta. – vaig intentar dir-li per calmar-lo.

Em va sorprendre la seva reacció tan enfurismada, sincerament. I aquella agressivitat tampoc era tan comuna en ell. Això també em va deixar una mica trastocat.

- Bé, escolta... pel que fa al que estàvem xerrant abans... jo vull que siguem sent amics i faré tot el possible perquè la meva relació amb la Mireia no hi interfereixi, t'ho juro. – vaig traslladar-li, fent un gest de pau.

- No passa res Jofre, és que sóc jo que segurament m'ho he pres tot malament. Et veig content, o sigui que segur que aquesta tia és collonuda. Sóc jo que... últimament estic girat amb tot i tothom.

Un cop vam abandonar la fase tensa i incòmode de la conversa, li vaig proposar si voldria conèixer la Mireia i el seu grup d'amigues. A ell no li va semblar gens malament i em va comentar que realment seria la manera de conèixer la persona que a mi m'havia canviat tant.

Just abans de marxar, però, em va fer una última confessió.

- Ei Jofre, una cosa... també no estic bé perquè aquests dies els meus pares m'estan tocant més els ous que de costum i n'estic fart. – va dir, amb cara llarga.

- Què passa? Què diuen aquesta gent? – vaig preguntar, ja de forma malintencionada, perquè a mi els seus pares tampoc em queien gaire bé.

- Tio, doncs que m'estan rallant el cap amb psicòlegs i de tot, nano. Diuen que no pot ser que em rebel·li tant i que he de canviar i que he de ser més normal com la resta, no sé... – va dir, acabant la frase amb veu baixa.

- Què coi? Què vol dir "com la resta"? Estan xalats, nano! Tu deixa'ls estar, pensa que, en el fons, no et coneixen, perquè sinó no dirien aquestes tonteries... – vaig comentar-li totalment convençut del que deia.

- Si, suposo que sí... en fi. – va transmetre l'Eric, encongint les espatlles.

- Res de res! Tu a animar-te que ets collonut i no necessites cap ajuda de cap tipus! I ja veuràs que ens ho passarem de puta mare amb les amigues de la Mireia! Passa d'ells! – vaig traslladar-li enèrgicament.

Ell em va mirar deixant entreveure un mig somriure i observant que, en el fons, tenia raó. Tot seguit vam xocar les mans amb unes filigranes que ens havíem inventat i ens vam acomiadar perquè s'estava fent tard i ja tocava anar a sopar amb la família.

Retornant pensava perquè carai els pares de l'Eric estaven tan a sobre d'ell. Sí que potser era esbojarrat però no n'hi havia per tant com per pensar que tenia problemes psicològics ni res semblant. Vaja, n'estava segur. Amb aquest pensament vaig arribar a casa, apuntant ja amb ganes la data on el meu col·lega, per fi, coneixeria l'entorn de la Mireia.

Capítol 2

Les amigues de la Mireia

Tot i la preocupació que m'havia traslladat l'Eric amb les paranoies que tenien els seus pares sobre la seva actitud, vaig tornar caminant cap a casa amb un somriure d'orella a orella pensant en com havia estat de positiva aquella tarda i en el futur pròxim que prometia ser molt emocionant amb l'Eric dins la colla de la Mireia. Començava, doncs, un nou repte molt il·lusionant que consistia en ajuntar les persones que més m'importaven en aquell moment.

El grup de les amigues de la meva parella estava format per tres noies principalment: la Susanna, la Núria i la Joana.

La Susanna era la més activa del grup, la que sempre tenia ganes de fer coses noves i de sortir de festa. Es podria dir que era la tia més sociable, amb més facilitat per conèixer gent nova quan sortia amb les seves amigues. Aquest caràcter tan obert, acompanyat d'un físic bastant envejable, feia de la Susanna un personatge que atreia a la majoria de persones que la coneixien.

Per altra banda hi havia la Núria, la paia llesta del grup. Era la típica noia intel·ligent, capaç d'estudiar només el dia anterior a un examen i treure la millor nota de la classe. Quan jo la vaig conèixer, al principi era una mica callada i reservada (era una mica desconfiada amb la gent que acabava de conèixer, sobretot amb els nois) però després t'agafava un especial afecte que et feia sentir molt acollit. Era probablement la persona menys agraciada de totes físicament, però tenia el seu encant ocult des del meu punt de vista.

La Joana, en canvi, era la bogeria personificada. Era capaç de fer les coses més surrealistes que mai he vist i de dir les bajanades més il·lògiques (tot i que divertides) que una persona normal pogués arribar a imaginar. Ella no parava mai quieta (li agradava fer broma a tota hora) però de vegades el seu sentit de l'humor arribava a uns límits que no entenia ningú. Tampoc cal que us expliqui gaire més, tothom ha conegut algun cop o altre aquest tipus de personatge, graciós i indescriptible a la vegada. Tenia un 'piercing' a la llengua i un petit tatuatge (tenia dibuixada una tortuga, no em pregunteu perquè) al turmell: li encantava tot allò que li pogués donar un toc més d'autenticitat.

Doncs bé, aquell trio era inseparable (tot i ser tan diferents entre elles). Les tres es coneixien des de parvularis i el primer any d'E.S.O. van conèixer a la Mireia perquè ella va canviar d'escola aquell curs. En poc temps ja van agafar-se confiança i sense ni adonar-se'n ja formaven una colla molt unida.

Quan vaig començar a sortir amb la Mireia sabia que tard o d'hora hauria de conèixer les seves companyes. Realment puc dir que al principi em va costar la meva relació amb elles, però al final vaig veure que molaven molt. Ara només esperava que l'Eric s'integrés tan bé com jo ho havia fet o fins i tot més.

Sí, ho admeto, en el fons ja m'estava començant a imaginar la possibilitat que a l'Eric li agradés alguna de les seves amigues.

Vaig anar a picar a la porta de casa l'Eric un dia calorós d'estiu, on típicament tothom busca l'ombra dels tendals de les terrasses i on veus tothom a prop de les parets dels edificis perquè no els hi agafi el sol directe a la cara. Evidentment era el dia ideal per anar-se a remullar al mar o a l'interior d'una piscina. Això últim era el que tenia precisament la Susanna, una noia que a part de ser íntima amiga de la Mireia, pertanyia a una de les famílies més riques de la ciutat.

El fet és que la Susanna em va convidar a banyar-me a casa seva i al conèixer la proposta, li vaig preguntar immediatament si també podia venir un amic meu. Coneixent-la, i sabent que lligar era una de les seves aficions, em va contestar un rotund 'i tant'.

Vaig anar a buscar l'Eric directament a casa seva, sabia que si el trucava al mòbil em posaria qualsevol excusa per tal d'evitar una situació que ell no pogués controlar.

Van ser uns minuts infinits de negociacions entre ell i jo però finalment el vaig convèncer amb una bona dosi (potser excessiva en certs moments) de xantatge emocional.

L'Eric estava molt nerviós i de camí cap allà ja em va avisar que si aquella tarda passava una mala estona, jo en rebria les conseqüències. En aquell instant vaig arrancar a riure i li vaig dir que estigués tranquil, que tot aniria perfectament.

Quan finalment vam arribar a ca la Susanna, el meu col·lega estava bocabadat. És cert que tots dos proveníem d'altes classes socials però a aquell nivell adquisitiu no hi estàvem acostumats ni ell ni jo. Era la típica casa que estava construïda amb el propòsit que tothom sabés que els propietaris estaven podrits de diners: des d'una gran font a l'entrada amb un enorme diamant al mig fins als detalls més rebuscats, com per exemple les cortines de totes les finestres, que eren brodades d'or. Després de picar el timbre ens va obrir la porta la dona de fer feines, que era d'origen sud-americà, i ens va acompanyar fins a la zona de la piscina.

L'interior de la casa era el més semblant a un museu. Semblava una exposició d'objectes cars que podies observar però que tenies la sensació que, si volguessis, no podries ni molt menys tocar.

Mentre estàvem tots dos intentant assimilar la gran fortuna que existia dins d'aquelles parets, vam arribar a la part exterior de la casa amb una piscina que semblava que fos de disseny. Realment jo no sabia si existien les "piscines de disseny" però sí que tenia present que si algú algun cop em preguntava com era una piscina de disseny, definiria el que estava veient en aquells moments. Tenia una forma molt corbada i era feta de petites rodones de ceràmica, cadascuna dels diferents tons que pots obtenir amb la gamma de blaus. Al fons de tot hi havia dibuixada una preciosa balena amb tot tipus de detalls i el més graciós de tot era que internament hi havia un gran nombre de focus de diversos colors que segurament de nit farien de la piscina un espectacle de llums ben curiós (dic segurament perquè eren les cinc de la tarda quan vam arribar i malauradament les llums no estaven enceses).

Allà mateix, doncs, al costat d'aquella bassa d'aigua de luxe, estaven totes les amigues de la Mireia. L'amfitriona estava estirada prenent el sol com si fos una actriu de Hollywood i la Joana i la Núria estaven assentades a la vorera de la piscina mullant-se només els peus. La meva parella es va assecar de la tovallola i el primer que va fer va ser presentar-li totes les seves amigues a l'Eric.

El meu amic va anar saludant una per una a totes les noies i quan li van presentar la Susanna es va aturar una estona expressament.

- Bonica casa – va dir ell, amb un somriure picaresc i innocent.

Ella, que no es va dignar ni aixecar-se de l'hamaca, es va tapar una mica la cara perquè li molestava el sol i li va contestar amb una picada d'ullet. En aquell moment, vaig observar en l'Eric una mirada que no havia vist anteriorment, com si aquell dia hagués vist la llum i tingués ja alguna cosa en ment.

Mentre observava com la Mireia feia la vertical dins la piscina, va venir la Joana a fer-me companyia. Després d'una estona de xerrameca superficial, ella em va deixar anar que trobava molt "mono" el meu amic i que no dubtés mai en portar-lo a la colla perquè sentia una gran curiositat en conèixer-lo millor. Em va fer molta il·lusió que em digués allò ja que ambdós tenien moltes coses en comú, des de la bogeria que a tots dos els caracteritzava fins a la seva filosofia de vida.

Tot i així, havia vist durant tota la tarda que l'Eric estava fent més cas a la Susanna. De fet, li va demanar si li podia ensenyar més en profunditat la casa i ella hi va accedir alegrament.

Sincerament m'agradava més la idea d'aparellar l'Eric amb la Joana que no pas amb la Susanna.

Quan ja va arribar el vespre vam recollir les coses, ens vam vestir, vam acomiadar-nos de tothom (jo molt especialment amb la Mireia) i li vam donar les gràcies a la Susanna per l'acollida. Ella no va tardar ni dos segons en oferir-nos tornar qualsevol dia i no es va oblidar de recordar-nos que seríem benvinguts sempre que volguéssim.

Al sortir d'allà el primer que vaig fer va ser preguntar-li al meu amic com s'ho havia passat. Ell va admetre que li havia molat molt tot plegat i que havia fet bé acceptant venir amb mi aquella tarda. Deia que li flipava l'ambient de les amigues de la Susanna i que les trobava a totes encantadores.

Quan li vaig preguntar concretament per la Susanna, l'únic que em va dir va ser que tenia una casa immensa i que era increïble la fortuna que tenia. Jo esperava sincerament un altre tipus de resposta, més sentimental o emotiva, encara que només hagués estat un "és molt simpàtica", però no va ser així. Senzillament es va quedar paralitzat per la seva riquesa.

Tot i així, jo creia que ell potser no volia dir el que pensava en realitat perquè mai havia estat disposat a obrir-se i expressar els seus sentiments als altres. Per altra banda, observava que si realment sentia això, millor i tot perquè així tindria més possibilitats de fixar-se en la Joana. Finalment ens vam acomiadar i vam marxar a sopar cadascú a casa seva.

L'endemà, just havent dinat, la Mireia em va trucar i em va donar una notícia que, si més no, em va sorprendre però a la vegada em va confirmar una de les meves sospites: l'Eric havia quedat amb la Susanna per tornar a casa d'ella per la tarda.

Es veu que el mateix dia s'havien donat els telèfons i per la nit s'havien trucat per quedar. No havia passat un dia sencer des que s'havien conegut, que el meu amic ja necessitava tornar a veure la Susanna.

No sabia si pensar si ell s'havia enamorat en qüestió d'hores o si realment l'únic que volia era tenir la seva primera relació amb una tia el més aviat possible. Potser en aquesta noia hi havia vist la seva gran oportunitat.

Estava clar que havia de xerrar amb ell perquè ja començava a tenir la inquietud de saber si hi havia alguna cosa més o si només eren amics...

Vaig estar uns dies trucant el meu company per si podia tenir un moment per parlar sobre aquesta nova 'amiga' que jo mateix li havia presentat. Doncs bé, no m'agafava el mòbil o quan me l'agafava, finalment, deia que no podia quedar, que havia quedat amb la Susanna. Només per aquest simple motiu ja podia donar per fet que ells dos sortien.

Tot plegat em va servir per veure com es devia sentir l'Eric quan jo vaig començar a estar amb la Mireia. La forma com et sents una mica arraconat per les circumstàncies i el canvi que comporta això a la rutina diària, ara el sentia jo a la meva pròpia pell.

Per això en aquell moment vaig saber ser pacient, deixar passar uns dies fins que aquella forta dependència típica de les primeres setmanes de parella anés minvant una mica (bàsicament perquè no tornéssim a discutir pel mateix tema).

I així va ser, al cap de dues setmanes l'Eric em va contactar per si volia anar a la cafeteria del barri amb ell. Abans sempre quedàvem per jugar o fer bogeries. Ara quedàvem per anar a prendre un cafè com dos senyorets. Es començaven a notar els petits canvis en la nostra adolescència.

Quan vaig veure el meu col·lega el vaig notar més dinàmic, més eixerit que de costum. Feia cara com si hagués aconseguit allò que més desitjava i se'l notava molt segur de si mateix (caminava com si fos un gran empresari). De seguida ens vam saludar efusivament i vam entrar al bar a assentar-nos.

Després d'haver demanat, havia de realitzar la pregunta obligatòria que s'havia de fer en aquell moment:

- Què tal amb la Susanna? – li vaig dir, de manera que semblés una pregunta desinteressada.

A partir d'aquí em va començar a explicar el que havia estat fent amb ella durant aquests dies i sí, em va reconèixer que ja sortien junts i que de moment ell s'ho passava molt bé al seu costat.

Les històries que m'explicava tenien un punt de superficial i en punts concrets quasi artificial. Tot el que havia fet l'Eric amb la Susanna durant tots aquest temps estava relacionat amb activitats que purament requerien una gran quantitat de diners.

Tot seguit, vaig intentar aprofundir més en el que ell pogués sentir per veure sincerament com n'estava de "colat" d'ella i vet aquí que em vaig endur una sorpresa. El paio em va dir que ni molt menys estava enamorat de la Susanna, però que la trobava una tia molt oberta i agradable.

A més a més, va tenir la valentia de reconèixer que el fet que ella tingués molts calers el motivava especialment perquè estar rodejat de luxes i comoditats feia que tot el que fes amb ella fos únic i excepcional.

Mentre ell parlava jo pensava que el que feia no era del tot correcte però, entenent que era la seva primera relació i que, en el fons la joventut és per experimentar, vaig encaixar el que realment m'estava volent dir: que bàsicament només estava amb ella perquè s'ho passava bé.

Aquella tarda també vaig estar reflexionant sobre la meva relació amb la Mireia. Jo me'n vaig colar sense saber-ne res i després quan la vaig anar coneixent més, encara vaig estar més lligat a ella.

En aquest sentit, l'Eric pensava que li passaria alguna cosa semblant però quasi a la inversa, és a dir que quan conegués molt bé la Susanna, possiblement se n'acabaria enamorant.

L'enamorament en sí mateix, no és res més que un procés on observes si el que sents és amor o senzillament una il·lusió, una idealització de la persona en qui penses molt en un moment determinat. Per tant l'enamorament no és sinònim d'amor sempre, però cal donar-li sempre l'oportunitat de realitzar-se i desenvolupar-se.

Amb tots aquests pensaments em vaig posar dins el llit, creient (perquè no) que l'Eric en el futur podria ser igual de feliç amb la Susanna que jo amb la Mireia.

Just en el moment en què tancava el llum de l'habitació, vaig rebre un missatge de xat. Vaig tornar a reobrir la il·luminació tot fastiguejat per la molèstia.

Era la Joana. Em preguntava pel meu amic i deia el següent:

- Ei Jofre! Escolta'm, suposo que tu tens el telèfon del teu amic Eric, oi? És que fa dies que tinc pel cap quedar amb ell perquè em va caure molt bé i volia saber si voldria prendre alguna cosa amb mi.

Vaja. En aquell moment em va agafar part de pena i preocupació per la Joana, ja que veia que estava pillada per l'Eric, però a més ni el meu amic ni la seva pròpia (suposadament) amiga li havien explicat que estaven començant a sortir. I em va sortir de dins contestar-li:

- Ei Joana fa molts dies que no ens veiem, això no pot ser! Doncs mira t'he de dir la veritat i crec que el meu amic està començant a sortir amb la Susanna. T'ho comento perquè ho sàpigues. – vaig deixar-li escrit així, directament.

- Aps! Bé, de fet ja ho sabia més o menys, però igualment m'agradaria quedar amb ell per xerrar, res més, no vaig més enllà que això. Em pots passar el seu número?

Això encara em va fer més angoixa. Estava veient en directe que la Joana anava a sac a per l'Eric. I això, per sobre de la seva suposada amistat amb la Susanna, amb qui ja veia clar que no eren tan amigues com semblava.

Podia notar que la Joana s'havia pillat fort i que, en el fons, ja tots érem prou grandets. Vaig pensar que si volia parlar amb el meu col·lega igualment, que hi parlés. Així que li vaig donar el telèfon.

- Bé aquí tens el seu contacte, li pots dir perfectament que te l'he donat jo – vaig concloure, perquè tenia una son impressionant.

L'endemà al migdia, l'Eric em va escriure també via mòbil. Quina mania tenia tothom en aquells temps de xatejar hores i hores sense parar. Mira que era fàcil trucar directament en ves de tant text... en fi. Només us diré que estava cabrejat amb mi per haver compartit el seu número amb la Joana.

Els seus comentaris van ser fins i tot despectius en algun moment tipus "perquè li dones el meu mòbil a aquesta pobra xavala" o "tio ja saps que jo ja estic emparellat i aquesta tia m'està inflant el cap i s'està flipant".

Em va saber greu però ja em temia aquesta reacció. El que també no gosava afrontar és el moment en què la Joana tornaria a contactar amb mi. I així va ser.

Una setmana més tard, ella es va dirigir a mi a través del fotut xat per dir-me que estava molt contenta perquè l'Eric havia accedit a quedar i que va notar molt bon "feeling" entre els dos.

Jo la vaig intentar advertir dient-li que anés amb compte, que el meu col·lega tenia parella i que estava molt bé si volia ser amiga d'ell, però que no anés més enllà.

Vaig afegir que creia que ella era una persona extraordinària, que segur que trobaria algú altre amb qui connectés i que ella se n'enamoraria igual o més. La veritat és que no suportava aquella situació. El temps diria si jo acabaria tenint raó amb el que li deia, però anem a pams que tota història té el seu camí.

Dins aquell panorama (amb el cas de la Joana a banda) jo intuïa que en aquella època, amb l'Eric i jo emparellats, estrenant una nova manera d'entendre i viure la vida, començava una etapa nova i sòlida, que hagués pogut durar molts anys. Durant temps va ser una etapa preciosa... però ja se sap que res dura per sempre.

Capítol 3

Ser o voler ser

Els anys que van venir després de fer-me major d'edat van ser una muntanya russa d'aventures. El descobriment de les festes nocturnes de la ciutat, l'aparició de les drogues al meu entorn, l'aprofundiment en el sexe, les vivències fora d'allò estrictament legal, etc... s'inicia una part salvatge de tu que reclama ser alliberada.

L'entrada a la universitat també em va fer ampliar horitzons i observar la gran diversitat de gent que existeix en el món en què vivim. Compartir experiències amb persones d'orígens socials i econòmics molt diferents em va permetre aprendre l'hòstia sobre la vida. Jo havia crescut en un entorn amb moltes facilitats i podia visualitzar finalment el pastís sencer de la societat, no només una part.

En aquella època jo ja tenia 21 anys i estava en plena carrera d'Administració i Direcció d'Empreses dins una universitat pública que vaig voler escollir per la seva qualitat de professorat, en contra del que em va voler recomanar el tutor del meu institut privat.

Tot i l'explosió de joventut que estava vivint, continuava al costat de la Mireia de forma pràcticament impecable; no recordava haver tingut cap problema ni discussió important amb ella en cap moment. La meva parella estava estudiant Econòmiques i ens podíem veure bastant perquè les dues universitats on anàvem estaven a deu minuts caminant.

Hi havia un fet important, però, i és que havíem perdut molt el contacte amb la Núria i no tant (però déu ni do) amb la Joana. Jo sabia que l'Eric seguia veient-se amb la Joana com a amics, però personalment jo i la Mireia no coincidíem gaire amb ella. La seva amistat realment em sorprenia però semblava que els dos eren feliços amb aquesta situació.

Amb qui més relació tenia jo era amb la Susanna, a qui trucava de tant en tant gràcies, en part, a que ella seguia sent la parella del meu amic Eric.

Les dues parelles seguíem intactes i per això en aquells temps pensava fermament que el que m'havia dit l'Eric feia uns anys ja no era cert i que ja estava enamorat de la Susanna.

Pel que fa a l'Eric, ell estava estudiant Psicologia i li estava anant força bé, s'havia tornat un bon estudiant i dedicava la major part del temps a la seva universitat d'alt prestigi (o traduït, una privada que valia una fortuna).

L'única persona que no estudiava era justament la Susanna, ja que segons el seu propi criteri, no li trobava sentit a anar a la universitat ni a treballar perquè ja tenia la seva vida econòmica solucionada.

Òbviament allò era una opinió absurda però és que si alguna cosa tenia la Susanna, és que molt llesta no era. De vegades tenia certes opinions molt estèrils. Això sí, era conegudíssima a les xarxes socials per totes les fotos que hi penjava. És possible que allò, a més, li donés més ingressos dels que nosaltres podríem arribar a tenir.

Dins aquest context, tots continuàvem vivint amb els nostres respectius pares però ja començàvem a tenir les primeres converses sobre emancipar-nos.

Qui més recorria a aquest tema i qui més hi insistia era l'Eric, que ja començava a estar fart de viure amb els seus pares i tenia el gran desig de viure en una casa fora de qualsevol influència familiar.

Un bon dia ell mateix va estar parlant d'aquest tema durant una llarga estona amb la Susanna i li va explicar la immensa desil·lusió que li suposava no poder marxar de casa seva per no haver de dependre mai més dels seus pares.

Tot el diàleg que van estar tenint va acabar tenint els seus fruits, perquè finalment la Susanna va acabar convencent els seus pares perquè els hi paguessin un pis per anar a viure.

L'Eric em va trucar molt excitat i va estar hores parlant-me (com si fos un monòleg, perquè jo no deia res) sobre com seria el seu futur habitatge.

Me'n vaig adonar ràpidament que jo sabia molt poc de pisos i també de la gran recerca i aprofundiment que el meu col·lega havia fet en l'art de buscar casa. Potser vaig escoltar una vintena de mobles que no sabia ni que existien i vaig aprendre en pocs minuts quines eren les característiques més importants a l'hora de determinar si un lloc valia la pena o no.

Jo sabia que el pare de la Susanna feia tot el que la seva filla li demanava perquè era la típica mimada de qui tota la família se sentia orgullosa i no se li havia qüestionat mai cap decisió per part de ningú.

El fet que fos oberta, afable i alhora molt sociable feia que superficialment la Susanna semblés que mai havia trencat un plat, però els que la coneixíem més sabíem que de vegades tenia un punt d'insensatesa prenent decisions massa arriscades i espontànies.

Van passar cinc mesos d'escollir zona, mobles, decoració, nombre d'habitacions i mil històries més perquè finalment la parelleta estigués totalment instal·lada.

El lloc on vivien era, com podia ser previsible, un luxe al centre de la ciutat, tan gran que hi podien conviure una família nombrosa de més de sis persones. De fet, van fer una festa inaugural amb més d'una trentena d'invitats i no és que estiguéssim precisament estrets. El fet de tenir un pressupost quasi il·limitat va fer possible una casa feta exactament tal i com volien que fos. Bé, rectifico, tal i com l'Eric va voler que fos.

Recordo que a l'entrar per la porta per primer cop, el dia de la inauguració, vaig mirar el meu amic i vaig observar, de sobte, una persona absolutament diferent a la que originalment vaig conèixer.

En aquell moment s'havia desdibuixat absolutament aquell noi que odiava els seus pares justament perquè només entenien de diners i poder i no de sentiments, aquell petit que li encantava riure's de tot i tothom i només li interessava passar-ho bé sense importar el que diguessin els altres.

Ara era un jove que adorava els objectes refinats, la impol·luta perfecció de l'ordre i la necessitat d'aparentar una vida ideal.

Vaig tenir una sensació de buit i pena durant uns pocs segons, però després va desaparèixer ràpidament perquè, al final de tot, veia que ell estava fent exactament el què volia. Ara bé, estava canviant realment?

Per altra banda i canviant de tema, he d'admetre que la festa d'inauguració va ser molt divertida. Justament allà vam poder retrobar les dues noies que ja semblaven haver-se esfumat de les nostres vides: la Joana i la Núria.

Personalment, a la Núria feia anys que no la veia. Potser a la Joana feia mesos, però vaja, poca cosa. La Susanna s'havia encarregat d'invitar-les, no sé ben bé si per enyorança o per poder marcar pit i ensenyar la seva casa a tot Déu.

He de reconèixer que amb la Núria no hi vaig arribar a creuar gaires paraules. Em va explicar que havia estat un any a Amsterdam estudiant biomedicina i que tenia ganes de tornar a viatjar fora a conèixer més món. Volia ser una experta en anatomia humana però concretament en l'origen cromosomàtic de l'ésser humà. Li despertava un interès molt gran el saber perquè els homes i les dones som com som.

La vaig veure amb tantes ganes de marxar de la festa que vaig perdre l'interès de parlar-hi més estona. Se la veia incòmoda. Ella anava mirant la Joana tota l'estona, o més ben dit: semblava que l'estigués controlant a cada gest que feia.

I, de fet, va ser justament la Joana qui sí que es va acostar cap a mi amb moltes ganes de xerrar. La veritat és que a mi em queia molt bé i em va fer pena que s'hagués distanciat de nosaltres. Es notava que ella tampoc no estava gens a gust allà. D'alguna forma tot allò sentenciava que aquell noi que li agradava, definitivament havia escollit estar seriosament amb la una de les seves antigues íntimes amigues.

Només apropar-se, em va venir una bafarada d'alcohol espectacular que sortia directament de la seva boca. Anava borratxa com una cuba, contràriament al què semblava a simple vista ja que no tenia un aspecte físic demacrat. Al seu favor he de dir que ningú de la festa (fins aquell moment) hagués apostat que havia begut unes quantes copes de més.

Això sí, només començar parlar ja sentia com li costava vocalitzar amb claredat. Va ser divertit i trist a la vegada. Divertit perquè per dins em moria de riure escoltant-la entrebancar-se entre paraula i paraula (digueu-me cruel). Trist perquè el missatge que em va transmetre era de frustració i melancolia. Em va reconèixer que enyorava els temps on estàvem tota la colla junts, on rèiem i fèiem coses tots plegats... vaja, en resum, el que no em volia dir literalment és que ella hagués volgut gaudir de l'Eric d'una manera molt i molt més especial.

Sense cap mena de dubte, el moment més delicat de la nit va ser quan la Joana, un cop va acabar el seu discurs, es va girar disposada a anar a xerrar directament amb l'Eric per explicar-li que s'estava equivocant completament amb la Susanna. Abans que això succeís, vaig agafar-la dels braços i li vaig dir que això no era bona idea. Es va regirar contra meu i em va intentar donar una bufetada amb la mà ben oberta. Ho va intentar, però, amb tanta mala sort i desequilibri, que va caure de costat i es va fer mal a l'esquena al donar-se un cop contra una taula.

El soroll de l'hòstia es va sentir com un terrabastall i tothom es va girar de cop i volta. Ella, avergonyida per la situació, es va aixecar plorant i amb l'ajuda de la seva amiga Núria va fugir de la festa completament desconsolada. Posteriorment, abans de tancar la porta, la Núria em va mirar i em va dir:

- Ara ja saps perquè estava incòmoda.

Ràpidament l'Eric i la Susanna em van venir a preguntar què li havia passat a la Joana i jo vaig haver d'excusar-la mentint, dient que ella havia marxat perquè tenia problemes familiars personals i no es trobava en condicions emocionals de celebrar res.

No sé si es van acabar creient l'excusa que vaig posar, però el que sí sé és que als dos els hi era bastant igual el que li passés a ella. Estaven totalment enfadats perquè aquell fet havia "trencat l'harmonia de la inauguració del seu niu d'amor". Va ser repugnant la seva reacció. No els hi importava res més que no fos reparar el silenci creat pel moment, posant la música molt forta com si res hagués passat.

A l'acabar la festa, vaig marxar a casa molt cabrejat amb la situació, no m'agradava aquella parella tan superficial.

Em vaig sentir decebut, no tant per la Susanna, que sempre havia tingut aquest punt més fred i materialista, sinó per l'Eric: a ell ja només li interessava aparentar una vida idealment feliç. A més, sentia ràbia i impotència ja que podia notar i tenia la sensació que tot i tenir totes les coses que volia, intuïa que el meu col·lega s'acabaria quedant amb amics interessats i sense cap persona al costat que l'entengués de veritat.

Aquella festa només va ser l'inici d'un seguit d'esdeveniments grotescs que només tenien l'objectiu de fer veure al món la immensa riquesa que posseïen: organitzaven galeries d'art de quadres caríssims (quan mai els hi havia agradat la pintura), realitzaven tornejos de golf només perquè la gent sabés que tenien els diners per estar adscrits a un club selecte, sortien a revistes del cor... bé, semblaven un matrimoni "pijo" de 50 anys.

Sota aquest context, començava a pensar un altre cop que el meu amic mai havia estimat a la Susanna. Per què ho pensava?

Perquè sempre els veia com una parella de maniquins posats a sobre d'un aparador. No els veia mai fer-se petons ni tan sols fer-se un gest afectuós l'un a l'altre i el més important: perquè jo dins meu sabia perfectament que el meu company no era així.

Enmig d'aquesta confusió, un dia vaig decidir quedar amb l'Eric per dir-li tot el que pensava sobre com s'estava comportant des que vivia amb parella. Creia que per mi era l'última opció de ser sincer amb ell i que de la seva reacció, dependria si continuàvem sent amics o no. Jo no podia continuar sent col·lega d'algú que defensava ideals superficials i que, en resum, havia canviat tant.

El primer que li vaig comentar va ser que em costava d'imaginar la rapidesa com ell havia canviat d'aficions amb tan poc temps, de la manera de fer, inclosa la seva manera de vestir. Tot i així, per suavitzar la situació li vaig comentar que no m'importava que canviés de gustos, sinó que senzillament em sorprenia.

Seguidament li vaig anar parlant de detalls que no m'agradaven d'ell com la manera de tractar les persones, ja que començava a menysprear certs tipus de classe social i a antigues amistats. Aquí vaig afegir l'incident amb la Joana, on va tenir una reacció molt poc exemplar ni educada.

Finalment vaig començar a pujar el to de la conversa i li vaig dir que la seva actitud em recordava molt a la del seus pares, una actitud que ell havia detestat sempre.

Mentre li estava argumentant el paral·lelisme que veia amb la seva família vaig observar que l'Eric va començar a mirar cap al terra, cada cop més avergonyit... fins que va arrencar a plorar.

La meva reacció va ser de total sorpresa en veure'l totalment desconsolat. Era el primer cop a la meva vida que el veia tan decaigut, no entenia res del què passava.

D'entrada, el primer que vaig pensar és que m'havia passat tres pobles argumentant-li els meus pensaments i l'havia arribat a ofendre molt. Per tant, em vaig acostar i amb un gest sensat li vaig demanar perdó per les meves paraules tan contundents.

En sec, ell va aixecar el cap, mirant-me directe als ulls, amb una mirada plorosa però de ràbia.

- No puc més, tu ets la persona que em pot entendre millor d'aquest món. Jofre, si sóc com sóc ara i faig el que faig és única i exclusivament per la meva família – em va dir.

Jo li vaig contestar sorprès:

- Però si tu sempre has odiat els teus pares! – vaig exclamar.

- És impossible tenir odi a la teva família si mai han fet res amb la intenció de fer-te mal – va sentenciar, amb una frase que a dia d'avui encara recordo.

A partir d'aquí, em va començar a explicar que sempre havia viscut frustrat perquè els seus pares no el veien com una persona assenyada i interessant, i ell cada cop tenia més la sensació de ser l'ovella negre de la família, una persona que no hauria d'haver nascut. Aquella sensació el feia ser rebel, desgraciat i va arribar un moment (quan va veure'm sortir amb la Mireia) que va pensar que ell també necessitava una parella estable.

- Però Eric, tu no t'estimes la Susanna? – li vaig preguntar sense pensar-m'ho dues vegades.

I ell va negar amb el cap.

- Llavors per què estàs amb ella? – vaig preguntar amb un to més elevat.

- Perquè ara tothom està orgullós de la vida que porto. Em respecten, m'estimen. De cara la societat ara sóc una persona normal, en general tot és molt millor que abans. La gent del meu voltant té ganes de fer coses amb mi. Abans tu i jo érem uns marginats del barri. Tothom ens criticava per ser diferents i ara som el que hauríem d'haver estat sempre, per fi som com tothom.

Vaig fregar-me la cara amb les mans un parell de cops per reaccionar a tals pensaments. A l'Eric se li havia anat l'olla. Bé, què coi, els seus pares li havien menjat el coco.

El meu cervell no parava de donar voltes i em van començar a sorgir preguntes per fer-li al meu amic, trobant-me, lamentablement, amb una resposta cada cop més nefasta que l'anterior.

- I llavors, el tema que volies marxar de casa era cert o no? – vaig preguntar, intentant buscar motius coherents.

- Era perquè els meus pares veiessin que començava una vida normal amb ella. Bé, de fet, va ser idea del meu pare que jo li proposés a la meva parella de marxar junts. De passada la meva família es va estalviar pagar-me un pis, ja que com ja saps la casa la van pagar els pares de la Susi. Ella és idònia ja que és de classe social alta i així segur que tindrem una estabilitat econòmica assegurada - va dir l'Eric, amb una cara de creure-s'ho que feia por.

- Per tant la Susanna a tu t'és igual? – vaig exclamar exasperat.

- M'ho passo bé amb ella, però no l'estimo. De fet, sé que encara no he estimat a ningú. Si et sóc sincer, no sóc feliç quan... intimem. Per sort, no coincidim gaire temps durant el dia. Intento evitar al màxim aquestes situacions – afirmava el meu amic, amb una naturalitat brutal.

- Però que has estat amb altre ties? Li has estat infidel? – qüestionava jo encara sense entendre les respostes que ell em donava.

- No, no m'atrauen gaire en general – va contestar ell secament.

- Com? Què vol dir que no t'atrauen gaire en general, Eric?

En aquell moment el meu amic va dir-me que ja en tenia prou i que marxava. Si m'havia dit tot allò era perquè jo sempre havia estat al seu costat i necessitava treure tota la veritat que portava dins.

Quan va començar a tirar, clarament emprenyat, li vaig dir cridant que necessitava ajuda, que no podia tenir la vida que volien terceres persones i no la que ell desitjava, que així mai seria feliç... fins que va girar la cantonada i va desaparèixer per complet.

Després, tornant cap a casa meva jo estava totalment descol·locat i sense saber què fer ni què pensar. El meu amic s'havia fet seus uns pensaments i unes normes que no encaixaven en la seva natura.

Havia canviat realment? Clar que no, ja que sinó no s'hagués posat a plorar en primera instància. Ell continuava sent el mateix que quan era petit, però havia renunciat a ser com era de veritat. Per què?

Potser era homosexual i tenint en compte les creences dels seus pares havia escollit aquest camí artificialment feliç? Potser s'havia auto-imposat escollir una tia amb diners, del mateix rang de la seva família, quan potser estaria millor amb una altra persona més humil però autèntica?

No tenia resposta a aquestes preguntes. A més, des d'aquell dia l'Eric i jo vam deixar-nos de parlar... durant uns quants i llargs mesos.

Si hagués conegut tots els esdeveniments que passarien més endavant, ho hagués tingut claríssim i hagués intentat trencar la relació d'ells dos molt abans... molt abans que passés la tragèdia.

Capítol 4

El casament

Vaig flipar el dia en què vaig rebre un correu electrònic que ho canviaria tot: la invitació al casament de l'Eric i la Susanna. Sí, així de surrealista. Ambdós havien decidit casar-se quan feia aproximadament un any que vivien junts. En aquella època teníem al voltant dels 23 anys i tot just estàvem acabant les nostres carreres universitàries.

Us podeu imaginar la cara que se'm va quedar. Aquella imatge tan refinada i perfectament postissa que havia rebut era una autèntica farsa. Però clar, era una mentida orquestrada per només una de les dues parts.

A més a més, amb tot això, jo mai vaig explicar res dels sentiments de l'Eric a la Mireia, ja que no volia implicar a terceres persones en una conversa tan íntima com la que vam tenir el meu col·lega i jo mesos enrere.

Tot plegat era un panorama que deixava dues opcions ben diferenciades: el camí fàcil de deixar córrer el temps, essent un pur espectador dels esdeveniments, o bé explicar la veritat a la Susanna i convertir-me en l'objectiu número u de totes les males mirades.

Em convencia a mi mateix que havia de deixar que tot es desenvolupés pel seu propi curs. L'Eric necessitava la Susanna perquè li garantia estabilitat social i emocional, i ella necessitava el meu amic perquè se n'havia enamorat bojament des del primer dia.

Estaven bé els meus pensaments? En realitat, qui pot trencar una parella amb la seguretat absoluta que està fent el correcte? Pensem-hi de veritat... ningú. No hauria d'existir cap persona capaç de posar-se enmig d'una relació tret que hi haguessin maltractaments psicològics o físics o que algú dels dos fos una absoluta titella i observéssim clarament la seva infelicitat. Ella, que jo sabés, no ho era, d'infeliç. Per tant...

Vaig passar bastants dies pensant què podia fer però al final, després de tan reflexionar, vaig observar que estàvem a només dos mesos del casament. Si ja tenia dubtes, com més s'acostava la data, més clar tenia que no havia de parlar amb la Susanna ni explicar-li res de res.

Vaig veure'm tan involucrat en la pena que em feia la Susanna, que no havia estat pensant en una altra opció més raonable: i parlar amb l'Eric per convèncer-lo que no es casés?

Tan bon punt vaig contemplar aquesta alternativa de forma coherent, vaig agafar el telèfon per quedar amb ell. La manera més amistosa que vaig trobar per veure'l de tu a tu va ser preguntar-li si volia anar a fer un partit de pàdel amb mi.

Ell va estar mirant l'agenda (com si fos un tio ocupadíssim) i al cap de pocs segons em va dir que podíem quedar l'endemà per la tarda al seu club.

El dia següent em vaig posar la roba d'esport més cara que tenia a l'armari, vaig agafar el cotxe i em vaig plantar allà. Sempre m'han fet gràcia aquest tipus d'ambients on se suposa que la gent de classe alta hi va a fer esport, però la majoria se la passen al bar fent un vermut. Qui suava més en aquell complex esportiu era el personal de la neteja, creieu-me.

Ràpidament al baixar del vehicle vaig veure que l'Eric m'estava esperant impacient, es notava que tenia ganes de fer esport. Això sí, anava amb un cabell clenxinat i un posat altiu com si anés a sopar al restaurant més car de la ciutat.

Em va saludar efusivament i em va recordar que gràcies a que ell era un client exclusiu del club, podrien deixar-me entrar al recinte tot i que jo no en fos soci. D'entrada, aquest comentari pedant em va deixar amb mal gust de boca. Indirectament em venien més ganes de dir-li que es deixés de tantes falsedats i que no es casés.

Abans de començar el partit, ja vaig voler introduir el tema del casament i li vaig preguntar com es sentia. Ell, ràpidament (com si estigués esperant que li preguntés exactament allò), em va dir que estava molt emocionat amb tots els preparatius, que seria inoblidable, no tan sols per ell, sinó per tots els convidats, ja que ho volien fer tot molt espectacular.

Allà ho vaig veure claríssim, era l'instant idoni per comentar-li el que jo pensava però just quan anava a obrir la boca, ell em va agafar de l'espatlla i em va mirar fixament. Em volia dir alguna cosa important. Mentre m'observava amb els ulls brillants, em va comentar que estava molt il·lusionat amb què nosaltres encara compartíssim una amistat de tants anys. Tot seguit i sense embuts, em va dir si volia que jo fos el padrí del casament.

Allò va ser un "coitus interruptus" com una casa de pagès. Just quan anava a traslladar-li que encara estava a temps de desfer tot aquell entramat de mentides, la truita s'havia girat i en aquell instant em vaig col·lapsar.

Tal va ser així la meva reacció d'estupefacció, que sense poder dir-li res, ell em va observar i em va dir:

- Sé que et fa molta il·lusió i suposo que no t'ho esperaves. Tranquil només és una part protocol·lària molt superficial, no has de patir per res concret – deia amb posat tranquil.

I un altre cop sense resposta, amb un silenci fulminant per part meva, és com vaig passar a ser el padrí del casament.

Després d'això, l'Eric em va deixar anar l'espatlla i com si no fos res de l'altre món, se'n va anar a l'altra banda de la pista per començar el partit.

Què cabró, vaig pensar per mi mateix. M'havia deixat anar la bomba en el moment precís perquè em quedés totalment congelat i no pogués explicar-li el que tenia intenció de dir-li.

Durant el partit vaig rebre una pallissa escandalosa, bona part per culpa de que el meu cap només pensava en què ja havia fet massa tard per dir res a ningú: l'Eric i la Susanna es casarien i jo en seria el padrí.

Un cop em vaig convèncer que aquesta era la meva última decisió, els dies van passar i em vaig dedicar simplement a no pensar. Sí, a no pensar en res, a deixar que tot ocorregués, com si fos tot plegat una oda a la rutina, a l'immobilisme més absolut. D'aquesta manera absurda, vam arribar tots plegats a la data assenyalada.

Era un dia assolellat i plàcid. D'aquells dies que surts al carrer i no et fan falta motius per somriure, només mirant al cel ja se t'omple l'ànima d'alegria. Tots sabeu de quin tipus de dies parlo. Semblava que la parella havia pogut escollir el temps que faria.

Això sí, independentment de tot, jo estava molt disgustat amb l'esdeveniment que anava a presenciar.

Vaig sortir de casa (ja ben mudat per l'ocasió) disposat a anar a buscar la Mireia. La vaig estar esperant ben bé més de mitja hora fora de casa seva. Els meus nervis junt amb la ràbia del moment van fer d'aquella espera, una vida sencera. Finalment quan ella va arribar la vaig escridassar com mai ho havia fet abans, retraient-li que arribaríem tard per culpa seva, que havia de tenir en compte que jo era el padrí del casament i havíem d'arribar a una hora concreta, etc...

Quan vaig frenar una mica i vaig veure la cara de sorpresa que feia la Mireia, me'n vaig adonar de dues coses. La primera era que ella estava absolutament congelada perquè mai li havia parlat d'aquella forma. La segona era que amb el meu enuig, no m'havia parat a observar-la: estava preciosa. Havia anat a la perruqueria a fer-se un pentinat que li quedava espectacular, semblava ben bé una actriu de renom.

No vaig tardar ni un segon a disculpar-me per la meva reacció i vaig posar com a excusa que em pesava massa la responsabilitat de ser padrí del casament del meu millor amic (sí, mala excusa, però que voleu fer-hi).

Ella va perdonar-me, encara sorpresa, sense entendre la meva reacció exagerada. El camí d'anada cap a l'església va ser silenciós, però a mi ja m'estava bé perquè tampoc tenia gaire ganes de parlar.

Just a l'arribar, quan estava aparcant, la Mireia em va agafar de la mà (quan la tenia al canvi de marxes) i em va preguntar si estava bé de veritat. Vaig assentir amb el cap. No volia que ella es preocupés més per mi, així que vaig intentar-me relaxar una mica.

Bé, no fa falta que us imagineu l'espectacle que havien organitzat la parelleta. Aquella església era immensa. Perdoneu, no era un església, era una senyora catedral. De vegades amb aquests tecnicismes em perdo. Per veure el campanar havies de girar tan amunt el coll que arribava a incomodar i tot.

El pare de la Susanna era amic d'un dels capellans d'aquella església (perdó, catedral) i els hi va deixar de forma especial. Bé, quan va dir "de forma especial" volia dir que havien pagat una milionada per poder fer un casament allà. A més, per si no n'hi havia poc, els hi havien deixat decorar l'interior de la catedral al seu gust.

I quin gust, mare meva, allò semblava la casa dels horrors. La mescla entre l'estil gòtic de l'edifici i la modernitat d'alguns complements com fotos enormes d'alta resolució de la parella per les parets, garlandes de festa com als aniversaris de nens petits, un llum de l'Ikea que enfocava directament a l'altar... era senzillament esperpèntic.

Després d'observar aquella mostra de poc art, el següent que vaig veure va ser la immensa quantitat de gent que hi havia allà dins. I entre tota la multitud, estava l'atenta mirada de l'Eric que es notava que ja m'estava esperant des de feia estona.

Abans, però, vaig anar a saludar la Joana, que encara que fos mentida havia estat convidada per la Susanna com a única representant de les seves amigues de la infància. No havia invitat a la Núria, qui en aquells temps ja s'havia convertit en una reconeguda experta mundial en genètica. Com a mínim professionalment semblava que li anava molt bé la vida.

En aquells temps les amistats de la núvia eren tot dones de grans empresaris. Cap d'elles treballava i formaven un clan d'aquests que fa espant. Moda, art i joies eren els temes principals en aquest grup on el més complicat del dia era decidir si anar al gimnàs, al club de golf o al club de tenis. Bé, i també quin filtre posar a les seves fotos a les xarxes socials.

Vaig notar la Joana força millor que l'últim cop. Aquella festa d'inauguració del pis de l'Eric on ella va quedar retratada (amb el petit espectacle que va donar) semblava molt i molt lluny.

- No entenc perquè he estat convidada si fa molts mesos que ja no ens fem amb la Susanna – va dir ella, indignada.

- Tinc la sensació d'estar aquí només perquè la Susanna cregui de forma il·lusa que encara no ha perdut totes les seves amigues de la infantesa – deia remugant, però, això sí, molt més tranquil·la i pausada que l'últim cop.

- Bé, segur que encara et té tot l'afecte del món per molt que no us veieu gaire – li vaig comentar, tot i tenir la mateixa opinió que ella.

- I com estàs, que n'és de la teva vida? – li vaig preguntar, encuriosit per observar el seu estat emocional actual.

Em va explicar que actualment vivia a les afores de la ciutat, compartint casa amb una amiga seva i que estava molt feliç. Treballava de periodista dins un diari local i estava mig sortint amb un noi argentí que s'havia agafat un any sabàtic i s'havia instal·lat a la ciutat per aprendre la llengua i la cultura del país. Ella m'explicava que esperava convèncer-lo perquè es quedés a viure aquí, però no les tenia totes. Semblaven quedar ben enterrats tots els sentiments que hagués pogut tenir per l'Eric.

Mentre escoltava la Joana, justament el meu amic va venir esperitat i va interrompre la nostra conversa. Va venir directe cap a mi, sense contemplacions, i em va agafar del braç per apartar-me de tot el cúmul de parents (un munt de familiars) que hi havia allà dins. Em va dir que li expliqués quin era el motiu del meu endarreriment, que no podia anar tan al límit del temps previst, que s'havia mossegat totes les ungles pensant que arribaria tard...

Em va fer molta gràcia, perquè en certa manera era com jo estava minuts abans esperant la Mireia. No em va afectar. Vaig somriure-li, el vaig subjectar bé amb els dos braços i li vaig dir a cau d'orella que estigués tranquil, que tot aniria bé. Era el que l'Eric necessitava sentir en aquell moment.

Ves a saber què li devia passar pel seu cap: si el fet de prendre una decisió que anava en contra dels seus sentiments o la preocupació exclusiva que l'acte anés com estava previst.

Amb una tremolor a les mans incontrolable, l'Eric em va donar els anells del casament i em va dir: 'ens veiem d'aquí una estona'. Jo, com a padrí, també era l'encarregat de donar-los.

La resta, tots els que hagueu estat en un casament ho sabreu. L'espera clàssica a l'arribada de la núvia, l'entrada colossal a la catedral on totes les dones diuen 'que guapa que està', la cerimònia interminable del capellà, jo donant els anells, la parella besant-se i al sortir una gran cortina d'arròs.

Sí, potser he explicat l'esdeveniment massa ràpid, però és com el recordo, sense ganes, avorrit i extremadament tòpic. Per mi sol ser sempre infinitament més interessant la part del convit.

I allà hi anàvem, amb cotxe, sortint de la catedral, comentant el classisme de tot plegat amb la Mireia, mentre pensàvem què ens oferirien de menjar: teníem una gana immensa.

I no ens vam quedar amb gana precisament. Al gran restaurant de luxe que havien contractat pel convit ens van oferir pre-aperitiu, còctels, aperitiu, més còctels, post-aperitiu, entrants, primer plat, segon plat, tercer plat, postres, més postres... i ja no sé quin munt més de coses que ens van omplir fins que no vam poder més. I amb això, també un gran nombre de vins, cerveses i combinats que van fer que tots dos arribéssim al ball ben torrats.

Amb tant entreteniment culinari, m'havia oblidat del meu amic. Vaig estar tota la tarda tan bé amb la Mireia, que havia pogut oblidar que tot allò era un teatre, una escenificació.

Cap al final de la nit, els ja oficialment marit i muller estaven ballant agafats i vaig voler fixar la meva mirada en l'Eric. Volia observar quina cara feia.

Jo anava borratxo i volia veure si el que estava essent el final d'aquella festa, era també el final d'un dia feliç per a una parella recent casada. I mare meva. Quin poema.

Podia contemplar l'expressió d'ell amb una mirada a l'infinit, un somriure infal·liblement postís i un posat rígid com si la seva ment estigués literalment en un altre lloc del món. Anava al ritme de la música, però d'una forma massa automàtica, sense cor ni ganes. Ella, en canvi, semblava viure el moment més bonic de la seva vida; els seus ulls brillaven com si anessin a plorar d'alegria mentre saludava amb un gest amable a tothom qui els mirava ballar.

Recolzat com estava a la barra, se'm va escapar una frase que canviaria el rumb del dia, i potser d'alguna cosa més.

- Déu ni do, quina farsa més gran – em va sortir impulsiu, de dins, com si la meva ment no fos capaç d'aturar les meves cordes vocals.

El meu cos necessitava expressar en paraules el que sentia i de la meva boca va sortir aquell dur comentari. En aquell instant, vaig tenir bona i mala sort a la vegada. Bona sort perquè no es va sentir gens, ho vaig dir força fluix. La meva mala sort va ser que no estava sol, tenia la Mireia al costat i, tot i estar èbria com jo, ho va escoltar.

- De quina farsa parles? – va dir ella.

Tristament, era present d'un exemple clàssic del que pot provocar l'alcohol. Estava cec fins les celles i a aquelles hores ja no tenia filtre. Sense pensar-hi gaire més, vaig decidir donar-li resposta a la seva pregunta. I no va ser res més que la pura veritat. Sí, pensava que el mal ja estava fet, que ja no tenia sentit amagar-li a la meva pròpia parella. Mai li diria res a la Susanna, però a la meva parella li havia d'explicar.

Error, greu error. Ella, després d'escoltar tota la història, va deixar anar la copa, va recordar-me si se m'havia oblidat en algun moment que la Susanna era amiga seva, i acte seguit va dir literalment que marxava a pixar.

No ho vaig veure però deuria plorar i molt, la Mireia, als lavabos d'aquell restaurant. Què imbècil. Com oblidar-me de la situació en la què posava a la Mireia. Era una de les seves amigues i estava essent enganyada. Com podria tenir valor ella de cobrir-ho i no dir res? A mi ja m'havia costat horrors tot aquest temps però el seu context era encara pitjor.

No podia parar de pensar quina seria la seva reacció després d'assimilar-ho uns pocs minuts. I senzillament la seva actitud va ser directe i efectiva.

- Vull marxar a casa – va fer amb un to fluix i sense mirar-me.

Ella anava caminant ràpid cap a la porta. Vaig agafar les nostres jaquetes de la cadira i vaig anar cap a ella sense tenir ni idea de què dir-li. Em ballava el cap de l'alcohol i no em deixava analitzar què era el millor que podia sortir de la meva boca en aquells moments. Però reflexionant-ho després, tot el que li hagués pogut explicar allà no hagués servit de res.

I vaig veure que es posava a esperar que passés un taxi.

- Què fas? Si hem vingut junts amb cotxe...

- Jo amb tu no torno i a més ja pots anar amb compte conduint amb la ceba que portes... – va dir amb una cara rígida i trista.

I així va ser com va aturar ràpidament el primer taxi que passava i hi va entrar dins sense ni tan sols agafar-se la seva jaqueta. Em va deixar plantat, amb una cara de no saber què fer i de desencís espectacular.

Acte seguit vaig tornar al restaurant per anar a acomiadar-me de l'Eric i la Susanna. Vaig excusar la Mireia al·legant que estava molt cansada i que ja era fora esperant-me. El que no sabien, clar, és que en aquells instants segurament la Mireia ja deuria estar a punt d'arribar a casa els seus pares, desconsolada.

L'endemà em feia molt mal de cap, per una banda, per la ressaca que tenia i per l'altra, perquè havia dormit molt poc i malament. Sentia que estava passant pel pitjor moment entre jo i la meva parella. Vaig provar a trucar-la, no va agafar el telèfon. A partir d'aquí sabia que l'únic que podia fer era esperar. Anar-la a visitar directament sabia que empitjoraria les coses. I van anar passant els dies, de forma lenta i dolorosa... fins que finalment després de quasi tres setmanes em va trucar per veure'ns.

Vam quedar per prendre alguna cosa a la terrassa d'una gelateria molt coneguda de la ciutat. Un cop ens vam acomodar, ella va començar molt directe:

- Si jo ara anés a la Susanna i li expliqués tot el que em vas dir de l'Eric, m'intentaries aturar perquè no ho fes? – va dir la Mireia amb un posat seriós.

No em va costar gaire pensar la resposta, ja que havia reflexionat durant molt temps aquella qüestió.

- No, no faria res perquè sé que ho faries meditant les conseqüències que això tindria. Fins a quin punt creus que nosaltres hem d'interferir en la seva relació? – vaig contestar, passant-li la pilota amb una altra pregunta.

Ella es va quedar atònita, però podia intuir que aquella contestació li havia agradat bastant.

- Tu has estat patint molt, oi, tot aquest temps, debatent amb tu mateix si el correcte era explicar-ho o no? – va comentar ella.

Ara sí que jo ja estava més relaxat. Li havia transmès la meva situació compromesa i ella semblava que l'estava entenent. A partir d'aquí, es va esdevenir una agradable conversa en la qual jo vaig poder esplaiar-me adequadament.

Finalment ens vam aixecar de les cadires i a l'hora d'acomiadar-me, ella em va fer un tímid petó a la boca. Seguidament, a cau d'orella, em va dir:

- No em tornis a amagar res mai més.

Allò va ser, doncs, una treva, un pacte de compromís, el començament del que havia d'ésser el renéixer de la relació. S'havien d'acabar els secrets entre nosaltres. Segurament aquell daltabaix va servir perquè la relació agafés un nou eix central: la confiança entre un i altre era el primordial.

Poc a poc tot va anant-se posant a lloc. La timidesa dels primers dies entre els dos després de fer les paus va anar quedant lluny fins que tot va a tornar a la normalitat. Ho vaig poder notar el primer cop que la vaig veure somriure amb naturalitat, sense res que li fes recordar el mal moment viscut. Ho havíem superat.

Capítol 5

Tornada a la realitat

Després de quasi tres mesos de viatge (sí, una brutalitat de dies), els nuvis van tornar de la seva lluna de mel. L'Eric va tardar ben poc a trucar a tothom per explicar el seu recorregut espectacular per tota Sud-Amèrica amb la Susanna. El meu col·lega s'havia saltat tot un trimestre d'universitat amb la tonteria i a la Susanna òbviament li era igual ja que no estudiava.

A ell el vaig observar eufòric, molt content. Ella estava rància, apàtica. Semblava clarament que només un dels dos havia gaudit d'aquelles "romàntiques" setmanes. El meu amic va estar ensenyant totes les fotografies dels diferents llocs on havien estat com si fos un nen que volia explicar com li havia anat el seu primer dia d'escola.

Totes les instantànies que havien penjat a les seves xarxes socials eren dignes de posar de fons d'escriptori de qualsevol ordinador: grans platges, profundes selves, immaculades postes de sol... Ara bé, me'n vaig adonar molt ràpidament d'un fet diferencial: en pràcticament cap hi sortien ells dos junts.

Una expectació postissa, grans falsos somriures i un no parar de consells absurds i tòpics van ser la tònica dels nous amics de l'Eric. Es notava tant que eren més un grup ajuntat per interessos economicosocials que per una admiració i amistat sincera, que feia fàstic vist des de fora.

Enmig de tota aquesta cortina artificial, només hi destacava una sola expressió ben trista: la dels ulls cristal·lins de la Susanna. Ella estava assentada apartada de tot el grup, llegint un llibre que segur que l'importava ben poc (perquè no va passar de pàgina en les quasi dues hores que vaig estar allà).

Va ser una tarda força llarga, almenys des del meu punt de vista. Jo no parava de mirar el rellotge per veure el moment idoni per marxar. Finalment, en un instant puntual del vespre, vaig aixecar-me per anar a buscar la jaqueta.

Quan ja havia dit adéu a tothom i estava obrint la porta per marxar, l'Eric va venir a corre-cuita per dir-me:

- Gràcies per venir. M'agrada que hagis estat aquí avui i vull que sàpigues que ara sóc molt feliç.

Atònit i una mica descol·locat, a mi em va sortir de l'ànima preguntar-li:

- De veritat ets molt feliç?

El fet que jo ho posés en dubte va fer canviar el posat de l'Eric. No feia cara d'enfadat com si li hagués molestat severament aquella resposta impertinent, sinó semblava més el rostre d'un infant quan l'has enxampat fent una malifeta i se li pugen tots els colors de cop.

- Què vols dir? – em va dir l'Eric, sense saber si realment volia escoltar una resposta clara del que jo pensava.

- Res, només era una pregunta que esperava un "sí" ferm per part teva. Jo també et veig molt bé. Estic molt content que estiguis en un gran moment i et desitjo que tot et vagi igual o millor a partir d'ara – va ser el meu aclariment ultra políticament correcte.

Que s'hagués posat vermell com un pebrot al posar en dubte la seva felicitat segur que va fer veure al meu col·lega que jo no m'havia empassat aquella mostra de vida perfecta i que havia vist que allò que havia presenciat era una obra de teatre que no podia portar a enlloc.

Amb aquella intuïció emprenyadora de saber que alguna cosa no aniria bé en el futur per culpa del meu comentari, vaig donar la mà a l'Eric i vaig sortir d'aquell pis.

Efectivament, no havia passat ni un dia des de la visita, que vaig rebre la trucada del meu amic.

- No he pogut dormir pensant en com et vas acomiadar ahir de casa meva – va començar, deixant-se d'introduccions.

- No et volia ofendre, perdona si van ser unes paraules una mica...

- Vaig entendre perfectament el to, m'agradaria que ens veiéssim – em va tallar a mitja disculpa.

Jo vaig acceptar, tot i saber que el que m'esperava tenia pinta de no ser una conversa molt agradable.

Vam quedar aquella mateixa tarda a un bar al costat de casa meva. L'havien obert feia just una setmana i feia goig, tan net i nou.

Jo havia arribat uns minuts abans perquè el que menys volia era ser impuntual amb una persona que estava nerviosa. Com ja m'ensumava, ell va ser també molt puntual. Semblava molt enfurismat.

Tan bon punt ens vam assentar, em va preguntar perquè creia que no era feliç (no es podia dubtar que volia anar al gra). Li vaig dir que no tragués de context aquella pregunta, que només volia assegurar-me de que estava bé i que no entenia perquè s'havia disgustat tant per un petit comentari.

Ell em va replicar que jo no tenia dret a ficar-me a la seva vida i que estava millor que mai i que li molestava enormement que el mirés com si fos un fracassat o un miserable, etc...

Jo, mentrestant, estava al·lucinant d'aquella reacció tan dialectalment agressiva. No l'havia vist mai tan exaltat contra mi.

Mentre ell anava deixant-me com si fos la pitjor persona del món, el cambrer del bar ens va interrompre per saber què volíem. L'Eric va fer com si sentís ploure i continuava enormement irat dient-me de tot menys bonic. Jo sí que vaig fer cas del barman i li vaig demanar una cervesa i posteriorment vaig tallar el meu amic perquè, si us plau, li digués què volia prendre.

A ell ja se li començava a veure una vena del coll de tant cridar i quan es va girar per dirigir-se al cambrer, en veure'l, va parar de xerrar de cop. Se'l va quedar mirant tres segons en silenci i posteriorment i amb veu més aviat baixa, li va demanar un te verd.

Quan el noi va acabar d'apuntar el que volíem i va girar cua, no em vaig poder creure el que estava observant. Tot el camí que va recórrer el cambrer cap a la barra, vaig poder veure clarament com l'Eric el va anar seguint amb la mirada, fent-li una repassada de dalt a baix.

L'home que servia era realment atractiu. Sí senyor, jo mateix podia afirmar que era guapo, però una altre cosa és que tingués ganes de saber com marcava el cul els seus pantalons.

Aquell parèntesi, aquell moment que trencava el monòleg de desfogament per part del meu amic cap a mi, va servir per fer-me obrir els ulls. La truita es va girar en un sol instant. Si moments anteriors era l'Eric qui estava enfadat, ara era jo qui m'estava començant a pujar una mala hòstia espectacular.

- Eric, no t'estaràs mirant el cambrer com si tinguessis ganes de... ja saps, treure-li la samarreta? I potser els pantalons també, oi? – li vaig dir amb tota la mala baba que vaig poder.

- Com? Què dius? No sé.. de què parles tu... – va dir amb veu tremolosa, sentint-se molt acorralat.

- Fa cinc segons m'estaves acusant de mirar-te com si dubtés que eres feliç, que em ficava on no em demanen, etc... vols que t'ho digui ara per què? Vols que t'ho digui? Acabo d'al·lucinar amb el que he vist, nano! Ara ho entenc tot collons! Per què cony no t'acceptes? Acabaràs fent mal a altra gent, que no ho veus? – vaig esclatar.

En aquest moment l'Eric, va agafar i em va etzibar una empenta que em va fer caure de la cadira.

- Però què coi dius, desgraciat? Vull que sàpigues que no et vull veure mai més, m'entens? La vida no és tan fàcil per tothom fill de puta! – va exclamar.

Seguidament l'Eric va marxar corrents del local. Tot allò ja m'ho havia imaginat anys enrere, ja havíem tingut aquella conversa que havia quedat a mitges... era clar que a ell li agradaven els homes. Tot i poder-ho intuir, em va costar una mica d'assumir, bàsicament per la vida que ell s'estava creant al seu voltant.

Finalment vaig anar a xerrar al barman per demanar-li disculpes per l'espectacle... i per si podia anul·lar el te verd que li havia demanat el meu amic. Jo sí que em vaig quedar a prendre la meva cerveseta. Mentre gaudia d'aquella fresca canya, pensava que havia estat un dia estrany, dels més estranys que havia viscut mai.

De tot plegat, vaig seguir-hi reflexionant durant els següents dies. Tant pes tenia la família sobre l'Eric? Tant com per aguantar una vida sencera infeliç? Tota l'existència enviada a l'abocador per no acceptar la seva condició sexual? Em costava d'entendre. És impossible posar-se a la pell d'algú que estigui passant per aquesta situació si no és exactament en el mateix context.

El que tenia clar és que 'el què diran' no podia ser tan poderós com per passar per sobre de les il·lusions de la gent. Havia d'ajudar a l'Eric. Ell necessitava un recolzament incondicional d'algú per canviar el rumb de la seva vida i havia de ser jo.

Després d'una setmana i mitja de la nostra trobada, vaig decidir que havia de contactar amb ell. Érem amics de sempre, carai... no el podia fallar ara.

El vaig estar trucant durant dies... no sabia si el meu amic es deia Eric o una veu que deia que el seu telèfon estava apagat o fora de cobertura. Entenc que ell va decidir desconnectar de tothom... o potser només de mi. Vam estar bastants mesos sense veure'ns. En qualsevol cas, no ens tornaríem a veure fins el dia més trist que recordaré sempre més.

Capítol 6

Aquella matinada

Tot aquell dia em quedarà sempre a la meva retina. I mira que va ser una jornada normal com qualsevol altre. Pel matí em vaig aixecar, de seguida em vaig prendre un bon cafè amb llet escoltant la ràdio ben forta per treure'm la son ràpid, dutxa i cap a la universitat. Estava fent ja el projecte de final de carrera. En dues setmanes, ja passaria a ser oficialment un llicenciat més, amb ganes de començar a entrar de ple al món laboral.

A la tarda vaig quedar amb la Mireia i vam estar passejant pel centre. Recordo que vam estar mirant un regal per la seva germana. Al final no vam trobar res interessant i vam tornar amb les mans buides. Va ser una tarda com una altra. Quan es va començar a fer fosc, em vaig acomiadar de la meva parella per anar cap a casa meva a sopar.

En aquell temps la Mireia i jo continuàvem vivint separats, cadascú a casa dels seus pares. Això sí, jo aquell dia tenia la casa sola per mi ja que els meus pares havien decidit agafar vacances i marxar a una casa rural tota la setmana.

Vaig menjar sol, mirant una sèrie de televisió d'un guió altament previsible, però que em va entretenir durant tot l'àpat.

Finalment després vaig estar buscant per internet si trobava informació sobre viatges a Perú; tenia ganes d'anar-hi a l'estiu amb la Mireia. M'havia fet una mica d'enveja el meu amic Eric explicant-me històries sobre Sud-Amèrica i em van encantar les fotos que em van ensenyar concretament d'aquest país. M'hi vaig entretenir quasi bé dues hores i finalment me'n vaig anar a dormir.

Ni el matí, ni la tarda, ni la nit d'aquell dia van ser significatius comparativament del que ho seria la matinada. Sí, una matinada que ho canviaria tot.

Estava profundament dormit quan vaig començar a escoltar cops de porta espectacularment forts. Eren tan estridents, que semblava impossible que la porta no cedís i es trenqués d'alguna manera. Seguidament, el timbre de casa meva va començar a sonar a una freqüència de cinc cops per segon sense parar. Em vaig espantar molt, tenia molta por. Qui podia ser? Seria algú conegut? O algun sonat desconegut? Havia d'esperar a que parés de picar la porta o havia de baixar? Estava sol a casa i no sabia quina era la millor opció.

Fos com fos el més probable era que allò no podia ser una bona notícia, ja que si era algú conegut era per alguna emergència i si era algú desconegut més valia trucar la policia. I si era una persona que necessitava ajuda? Vaig baixar ràpidament pensant positivament que algú necessitava socors.

Em vaig acostar a l'entrada de la casa lentament i quan era a prop vaig cridar:

- Qui ets i què coi fas? – vaig preguntar, fent-me el fort.

- Sóc l'Eric, sóc l'Eric! – va dir amb un to molt nerviós.

Era el meu amic. Sort, vaig pensar inicialment. Però per altra banda això volia dir problemes. Mai abans el meu company havia fet una cosa semblant i més, sabent que aquella era també la casa dels meus pares. Independentment de tots aquests pensaments, però, vaig decidir obrir la porta.

L'Eric tenia la cara molt desencaixada. L'Eric no era l'Eric. Estava enfurismat, tenia els ulls plorosos i la cara blanca com el paper. La seva mirada era d'ira, els seus cabells semblaven molls d'haver suat com si hagués fet una llarga marató. Era la viva imatge de la desesperació. Però el més curiós de tot, era que semblava que tenia els llavis mig pintats de color roig com si algú amb molt carmí li hagués fet un petó a la boca.

- Què t'ha passat? – va ser la meva primera reacció.

- Tot és culpa teva. Tot és culpa teva. – em va dir plorant mirant fixament al terra.

De sobte, em vaig fixar amb la seva roba. Estava molt mal col·locada: les sabates les tenia descordades, els pantalons mal posats, la camisa molt arrugada i desmanegada.. i les seves mans.. i sobretot a les puntes dels seus dits... hi havia sang resseca. Semblava que s'havia intentat rentar les mans ràpidament però que tot i així no havia pogut fer desaparèixer tota la sang que hi tenia.

- Què has fet Eric? Què t'ha passat?

- Tot és culpa teva Jofre. Tot és culpa teva! Jo no podré ser mai com sóc de veritat i tu em vas fer creure que sí! Ningú m'estimarà mai! – va cridar fortament. En qüestió de segons, ell havia passat de plorar capcot, a aixecar el cap, clavar-me la mirada, i cridar fortament contra meu.

No havia assimilat encara el seu missatge, que ell va venir ràpidament contra mi i em va donar un cop de puny. Sí, feia poc que ja m'havia agredit amb un empenta, però aquest cop no va parar de pegar-me.

Jo estava estirat al terra totalment astorat sense marge de reacció. Recordo el mal de cadascun dels impactes. Cada vegada era pitjor que l'anterior. Recordo preguntar-me perquè estava rebent tal pallissa. Recordo els un, dos, tres, quatre, cinc cops perfectament. Després sabria que havien estat moltes més de cinc etzibades perquè a partir de la sisena, ja vaig perdre el coneixement. Va ser una situació horrible. Que em pegués i maltractés el meu propi amic, aquella persona a qui havia estat íntimament lligada durant tants anys, va ser molt trist. I el pitjor de tot, no saber el perquè s'estava donant aquella situació.

Em vaig despertar del meu estat d'inconsciència amb el soroll d'un mòbil. Òbviament era el meu telèfon sonant des de l'habitació, però m'importava poquíssim qui pogués ser. Estava estirat al terra immòbil i molt adolorit. El primer que vaig fer va ser posar-me la mà a la cara i notar que la tenia ensangonada. Vaig anar obrint els ulls a poc a poc i, mentre notava que tenia les parpelles inflades, vaig observar que ja havia sortit el sol, era ple dia. Posteriorment, vaig mirar a banda i banda si tenia algun objecte amb el qual poder-me recolzar per a aixecar-me.

Estava al bell mig del rebedor amb la porta de casa entreoberta i el terra estava esquitxat de sang. Aquell cabró d'amic m'havia apallissat d'una manera brutal. Amb tot això, finalment el mòbil va parar de sonar.

Em vaig arrastrar fins al moble del rebedor on deixava les claus normalment a l'arribar a casa i vaig poder-me posar dret fent un munt de força amb un dels braços. Posteriorment, tenia curiositat per saber l'hora que era i com que tenia un rellotge gran a la cuina, vaig anar cap allà caminant... bé, arrossegant el peus molt a poc a poc fins allà. Jo no havia tingut mai rellotge perquè no m'agradava tenir res als canells, tampoc polseres.

Finalment, a l'arribar a la cuina, que era just al costat del rebedor, vaig veure que eren quasi les dues de la tarda. Havia estat unes tretze hores sense coneixement.

La majoria de dies jo dinava amb la Mireia al menjador de la universitat. Això em va fer pensar que, per l'hora que era, segur que la trucada que havia sentit era d'ella. Dèbil com estava, vaig anar cap a la meva habitació per anar a buscar el mòbil.

Quan hi vaig arribar, delicadament vaig agafar el telèfon i vaig poder notar que em tremolaven les mans, encara tacades de sang. Efectivament, tenia dues trucades perdudes de la Mireia. Vaig decidir trucar-la perquè no es preocupés, però tenia pensat no dir-li el que m'havia passat. No havia sonat ni un to telefònic, que ja va despenjar:

- On estàs? No has vingut a la universitat avui? Em podies haver avisat no? T'estic esperant i no deies res... – va dir-me una mica exaltada.

- Ho sento, és que volia redactar el projecte aquí casa tranquil·lament avui – vaig mentir.

- Bé doncs, és igual, podies haver respost al mòbil abans per això, que avui sembla que ningú em fa ni puto cas – va afirmar emprenyada.

- Per què ho dius? – vaig preguntar.

- Perquè he trucat a la Susanna per si volia acompanyar-me a comprar el regal de la meva germana, perquè ahir tu i jo no vam trobar res i era per veure si a ella se li ocorria alguna bona idea. La tia tampoc m'agafa el puto telèfon, no sé què passa que sembla que us hagueu posat d'acord – va comentar, molesta.

En aquell moment vaig reaccionar. Vaig baixar dels núvols on havia estat a causa del dolor que sentia per tot arreu. Em feia tot tan mal que ni m'havia parat a reflexionar el perquè de tot plegat. El perquè m'havia pegat. El perquè l'Eric estava fora de sí. El perquè.. el perquè ell tenia taques de sang a les mans!

Em vaig posar a tremolar i a suar. Em va pujar una calor extrema a la cara, a les orelles, al cervell.

- Mireia, dius que avui.. que avui no... avui no t'ha contestat cap trucada la Susanna? – vaig preguntar, entrebancant-me amb les paraules.

- No, ja t'ho he dit – va dir ella.

- Merda, Mireia, merda! Hem d'anar a casa la Susanna ja! Merda, merda.. quedem en mitja hora al portal de l'edifici on viu la Susanna! – deia jo, amb una veu embogida.

- Per què? Què passa Jofre? Què passa? – va preguntar, ja amb preocupació.

- T'ho explico tot en breu, fes-me cas, quedem allà! – li vaig dir secament.

Vaig penjar just després, sabent que havíem d'anar a veure si l'Eric li havia pogut fer mal a la Susanna o no. Trucar a la policia pensava que era exagerat perquè si realment no havia passat res, era un merder massa gros. El meu objectiu era anar-me a dutxar ràpidament, treure'm la sang de la pell, recuperar energia i anar cap a ca la Susanna (també casa de l'Eric, òbviament) i veure que tot estigués correctament. Vaig anar ràpid cap al lavabo, i mentre em treia la roba, em vaig veure al mirall:

- Hòstia! – vaig exclamar.

Tenia la cara feta un mapa. Bonys i blaus per tot arreu, una cella rebentada i encara estava sorprès que tingués totes les dents. Per què l'Eric m'havia fet allò? Per què? Vaig arrencar a plorar al veure'm tan demacrat, mentre no afluixava el ritme i ja anava engegant l'aigua de la dutxa per anar el més ràpid possible cap a casa el meu amic. I si el veia? Què faria?

No sé perquè, jo ja intuïa que ell a casa seva no el trobaria. Trobar-me'l allà sabia que era improbable.

Però li hauria fet mal a la Susanna? Podia haver passat alguna cosa entre ells dos aquella mateixa nit? S'hauria atrevit l'Eric a pegar-la per algun motiu desconegut? O potser no tenia res a veure i s'havia fet mal ell solet? Però la pregunta que no em podia treure del cap: per què s'havia tornat tan boig de sobte el meu amic?

Un cop acabat de sortir de la dutxa (la banyera va quedar tenyida de roig), vaig començar a oxigenar i desinfectar totes les ferides que tenia. Ho vaig fer ràpid, sense traça, perquè sabia que el temps no afavoria en qualsevol dels escenaris. Em feia molt mal però ho suportava conscientment perquè també tenia clar que com més decent quedés la meva cara en aquell moment, menys s'escandalitzaria la meva parella al veure'm.

Vaig agafar les primeres mudes que tenia a mà i ràpidament em vaig desplaçar cap al portal de casa l'Eric i la Susanna. Mentre anava cap allà no vaig pensar en cap moment quines explicacions donaria a la Mireia sobre el que m'havia passat. M'importava exponencialment més si la Susanna havia pogut patir aquella ira fora d'òrbita del meu col·lega.

Quan estava arribant, ja vaig veure la Mireia a l'horitzó, esperant al portal, amb una cara de desconcert però de certa tranquil·litat a la vegada. Es notava que no tenia ni idea de l'abast del que estava passant. Aquella expressió facial va durar molts pocs segons, tan bon punt va veure'm de prop.

- Amor què t'ha passat, què t'han fet? – va venir-me a dir ràpidament.

- T'ho explico després, no pateixis, no m'he ficat en problemes. Hem de picar a casa la Susanna per veure si hi és i si està bé – li vaig dir amb to seriós.

Vam estar picant a sota el portal una bona estona sense obtenir resposta. El conserge de l'edifici, al veure'ns tan incisius, va venir a preguntar-nos a qui buscàvem. Li vam explicar que crèiem que la noia que vivia a la cinquena planta podia estar en perill i que necessitàvem que ens obrís la porta (el conserge tenia una còpia de la clau de tots els pisos del bloc). Ell va vacil·lar durant uns instants, però al veure el meu rostre va entendre que tot plegat semblava un perill ben palpable. L'home va accedir-hi amb la condició que seria ell qui obriria la porta del pis i qui es quedaria posteriorment les claus.

Què llarg es va fer el trajecte de l'ascensor pujant cap dalt. Érem tres persones pujant a envair l'espai privat d'un pis i només jo sabia el motiu real. Vam picar a la porta del replà dues vegades per assegurar que no fos que l'intèrfon del portal estigués espatllat. Res. Finalment, el conserge ens va obrir la porta i ens va dir que ell no gosava entra-hi, que miréssim si hi havia algú i que ell s'esperava a fora. Vam entrar, doncs, la Mireia i jo.

El lloc estava en unes condicions normals, el menjador estava net i ordenat. Vam cridar 'Susanna' per veure si contestava i no hi va haver resposta, com podíem imaginar. En aquell moment s'intuïa que allí dins no hi havia ningú, però per assegurar vam anar a mirar tots els compartiments. Jo vaig anar a observar l'habitació on dormien l'Eric i la Susanna. El llit estava desfet i hi havia tot de roba de dona tirada per tot arreu, fins aquí res gaire anormal. Moltes parelles no es fan el llit i menys aquells dos que no havien fet res de les feines de casa mai a la vida.

Vaig mirar al meu voltant i tot era correcte. Vaig respirar alleugerit però encara tenia el neguit de voler saber on seria la Susanna llavors.

El meu cor va passar d'estar més relaxat a passar a deu mil revolucions en el moment en què vaig sentir un crit. Un crit infinit, fort, dolorós, d'horror, d'espant. Era la Mireia. El xiscle venia del lavabo. Posteriorment vaig sentir els passos de la Mireia corrent cap a l'exterior de la casa i el conserge a fora preguntant què passava.

Sense dubtar ni un moment, vaig anar, doncs, cap al bany del pis. A l'obrir la porta... la tragèdia. La Susanna estava al terra envoltada d'un gran bassal vermell: era morta. La meva mirada a l'interior del lavabo va durar mil·lèsimes de segon. No sabria dir exactament quina era la seva posició corporal i ni molt menys descriure el seu rostre, i no perquè el fet fos immensament desagradable, sinó perquè els meus ulls no van saber aguantar aquella imatge. Vaig cridar igual que la Mireia, però en comptes de córrer, vaig fer dues passes endarrere cap al passadís del pis, em vaig agenollar i vaig arrencar a plorar.

Era el plor dramàtic de la tragèdia, però també el plor de la desconeixença, del no entendre el sentit de tot plegat, de la desesperació.

Des del primer moment vaig tenir clar que no podia atorgar-me la culpa del que havia passat. Com havia d'imaginar una cosa com aquesta? Un fet tan il·lògic que se sortia de tots els pronòstics. Pregava perquè allò fos un simple malson. Però no ho era. No ho era. No ho era. Repetidament el meu cervell anava iterant els senyals que allò ho havia d'assimilar. Una realitat tan dura com incomprensible.

Mentre em lamentava sense consol va aparèixer el conserge, a qui encara ningú li havia pogut explicar res del què havia succeït. Al veure'l acostar-se li vaig recomanar que no s'apropés més, que truqués a la policia. Senzillament el vaig mirar i, entre singlots, li vaig dir:

- Sí que estava dins de casa.

Capítol 7

Eric?

Les hores posteriors van ser per deixar al més profund oblit. La Mireia va haver de trucar la mare de la Susanna per explicar-li tot el que havia ocorregut, sense tan sols poder-li donar el motiu pel qual havia succeït.

Jo, paral·lelament, vaig continuar intentant localitzar l'Eric, sense èxit. Havia estat ell, ho tenia tan clar. Com ho havia pogut fer. No m'ho podia creure. Massa. Massa superior a mi eren aquells instants. Estava superat pels esdeveniments.

Així doncs, després de sentir mil cops el seu contestador automàtic, em vaig veure amb cor de trucar els pares de l'Eric per fer-los saber la trista notícia. Quan s'hi va posar el seu pare (tenia una veu tan greu que donava la sensació de ser un home extremadament rigorós i seriós), no sabia ni per on començar. I en comptes de donar-li mil voltes, li vaig deixar anar directament.

Després de la primera reacció, amb un silenci llarg, el primer que va preguntar òbviament era com estava el seu fill. Per mi això encara va ser més dur d'explicar encara. El pare de l'Eric em va dir:

- Tranquil, no pateixis, el buscarem i quan el trobem et diem alguna cosa – amb una solemnitat i tranquil·litat preocupant.

Havia mort la seva jove i per ell semblava que no hagués passat gaire res. Sempre havia tingut la percepció que els pares de l'Eric eren freds però mai hagués pogut pensar que reaccionarien així davant un fet tan traumàtic com aquest.

No havia quasi penjat al telèfon que cap a mi va venir com una fera la Mireia. Encara amb moltes llàgrimes als ulls, em va dir:

- Què? No penses obrir la boca encara? Què ha passat aquí? Què t'ha passat a tu? On és l'Eric? Ara ve la policia i hauràs d'explicar alguna cosa suposo, no? Que és tot aquest malson? No m'has donat encara una puta explicació cabronàs!

L'estat de la Mireia era molt més que comprensible. Havia descobert la seva millor amiga morta i el rostre destrossat de la seva parella en menys de mitja hora. Era hora de donar-li explicacions, com a mínim ella es mereixia saber la història abans que li hagués d'explicar a la policia, que estava arribant.

Érem al replà quan vaig començar a explicar-li tots els detalls que havien ocorregut les últimes hores. Mentrestant, podia veure com el conserge també parava l'orella perquè, ja que estàvem, volia tenir tota la informació per poder tafanejar i difamar tot el que volgués després amb la resta de veïns.

Un cop vaig acabar tot el relat, la Mireia va quedar igualment intranquil·la, ja que òbviament la meva història no tenia totes les respostes al perquè de tot plegat. Però sí que vaig notar (i això em va donar molta pau) que ella creia que jo havia fet tot el que estava a les meves mans davant tot el que havia passat. D'alguna manera, necessitava saber si des d'un punt de vista extern, algú altre hagués fet alguna cosa diferent al que jo havia fet. No podia saber que la Susanna estigués en perill, no podia reaccionar ja que estava inconscient.... m'anava repetint a mi mateix tots els passos per reafirmar-me en què havia obrat correctament.

I així va ser, fins que va arribar la policia. Em van passar declaració a mi i també a la Mireia, pobra, que relatava el que havia passat feia minuts amb un veu encongida i tremolosa. Mentrestant, un equip de forenses va entrar al pis per analitzar l'estat del crim.

Jo estava ansiós per saber què dirien aquells professionals, que tants cadàvers havien vist segurament al llarg de la seva carrera. Jo no havia gosat mirar ni un segon el cos de la Susanna i volia saber si havia patit o si havia estat una cosa ràpida. Sé que saber aquell detall escabrós no tenia cap rellevància al final, però tenia un neguit en saber-ho.

Després d'un quart d'hora aproximadament, va sortir un dels policies forenses. M'hi vaig acostar i li vaig preguntar:

- Li van fer molt mal? Quan creu que ha passat aproximadament?

Volia saber si ho haguéssim pogut evitar per qüestió de minuts o si havia passat la nit anterior, cosa que hagués confirmat que la sang que tenia l'Eric a les mans, era de la Susanna.

L'home, que era de mitjana edat, em va preguntar si érem jo i la Mireia qui l'havíem trobat estesa. Vaig afirmar amb el cap i posteriorment em va dir:

- D'entrada, no sé perquè parla de crim, no ho sembla pas, a priori. Sembla més un suïcidi, ja que té el canell del braç esquerre amb talls que li han sofert el dessagnament final, però també un cop molt gran al cap. Possiblement el cop se'l va donar contra la pica del lavabo al desmaiar-se després de tallar-se les venes, però si el cop al cap fos anterior als talls del braç, podríem parlar d'un possible crim. Per tal i com hem vist la víctima, es devia produir al voltant de les onze del vespre d'ahir.

Un suïcidi. Ostres. La Susanna s'havia suïcidat? I per altra banda... sí, es confirmava que l'Eric segur que havia estat al seu costat la nit anterior. Segur. Hauria arribat a casa tan tranquil·lament i hauria ja vist el panorama amb la seva dona estirada al lavabo, de la mateixa forma que ho havia vist jo? O hauria presenciat el moment en directe? O l'hauria matada ell?

Quantes preguntes... Quina migranya que em va començar a agafar. La quantitat d'incògnites era tan ingent que el meu cervell va començar a defallir. El meu cos va decidir unilateralment desentendre's de buscar respostes i vaig passar a quedar-me totalment en blanc.

Poc temps després de l'explicació del policia van arribar els pares de la Susanna. A partir de llavors, aquell replà va ser present d'un infinit mar de plors, abraçades, re-abraçades i d'un dolor que mai ningú al món podrà descriure amb paraules.

Molt després (crec recordar que quasi més d'una hora més tard) arribarien els pares de l'Eric, qui de forma pacient i inquietantment tranquils, van dir que no sabien on era el seu fill. Ningú coneixia on era l'Eric.

Els pares de la Susanna, un cop rebut el primer sotrac, van dirigir-se cap als pares de l'Eric i van començar a incriminar-los:

- On és el vostre fill? On és? On és? Trobeu-lo!

Tots plegats vam haver de marxar d'aquell espai ja que els agents de seguretat ens van demanar que marxéssim cap a baix per poder treballar a fons amb tranquil·litat. Al cap d'una estona llarga, va baixar el cap de policia i ens va comunicar que d'entrada semblava un suïcidi però que fins que l'Eric no aparegués, no es podria confirmar ni donar el cas per resolt.

Els pares de la Susanna van començar a increpar de nou als seus consogres perquè fessin alguna cosa al respecte per trobar-lo. No era normal que no donés senyals de vida. La mare del meu amic, irada, va exclamar:

- Desgraciats, què us penseu que jo no estic preocupada pel meu fill? I si ell també està en perill? O s'ha lesionat també?

Van ser incriminacions i crits que no servirien de res, perquè l'Eric no el trobaríem aquell dia, ni el següent, ni l'altre: havia desaparegut.

En conseqüència, doncs, el meu col·lega no es va presentar ni al funeral de la seva dona.

Va ser un dia que recordo gris, molt poc clar, principalment perquè tothom qui va ser-hi present, no hi era tot. Tothom estava tan descol·locat per no conèixer el perquè de tot plegat i havien sorgit una quantitat infinita de rumors (tots catastròfics i dolents) del motiu de la mort de la Susanna, que es va fer especialment rar.

Allà, com feia anys enrere, hi vaig retrobar les seves amigues de l'adolescència: la Joana i la Núria. Elles ploraven sense parar, abraçades l'una a l'altre. Feia temps que aquell grup de noies s'havia trencat; ja pràcticament no es veien mai i amb prou feines s'enviaven un missatge curt per felicitar-se els aniversaris. El grup de la meva parella, la Joana, la Núria i la (ja difunta) Susanna era història feia temps, però molt sovint, fets com aquests són capaços de canviar dinàmiques per complet.

Ràpidament vaig veure com la Mireia anava a acompanyar-les en el dol i totes tres es fonien en una de sola, fent una pinya molt emocional.

Parlant de la meva parella, les 48 hores següents van ser especialment distants. El dolor ens havia envaït l'ànima a ambdós però veia que a la Mireia també li havia regirat el cervell. Estava més freda, no gosava mirar-me als ulls. També havia passat les dues nits següents pràcticament sense dormir res i això incrementava que estigués més fora de sí, més apàtica del normal.

- Potser t'hauria d'haver cuidat més – em deia a mi mateix en veu alta, davant del fèretre de la Susanna.

Posteriorment, jo també vaig anar a saludar-les, perquè no hi havia tingut encara cap conversa més enllà de la salutació. De fet, de totes, va ser la Joana la que, amb més ganes, es va adreçar personalment cap a mi.

- Hola Jofre, com estàs? Seguiu sense saber res de l'Eric, oi? Estic segura que s'ho deu estar passant molt malament, pobre, ara – va dir ella, amb la mirada perduda.

- Per què ho dius que deu estar preocupat? Jo penso que s'ha fugat i tinc la sensació que és tot culpa seva. Més aviat el contrari del que penses. Sinó perquè ni s'ha dignat a presentar-se al funeral de la seva dona? No fotem! Que saps alguna cosa que jo no sé? – vaig preguntar, una mica massa exaltat.

- No, no.. només faltaria. No ho sé, perdona Jofre. Ho sento, només preguntava perquè m'imagino que deu estar molt fotut i m'agradaria poder-lo animar. Esperem que aparegui perquè pugui donar explicacions, només deia això, disculpa'm... – va acabar dient ella, cada cop parlant més suaument.

Després d'això, va girar cua ràpidament, va tornar cap on estaven totes les noies i va seguir la xerrameca amb la Mireia. La veritat és que jo estava també molt trastocat i bastant irascible.

I és que allò no era un funeral típic d'una persona gran on la gent quasi aprofita per saber com estan certs coneguts que no veu mai a la vida o on, de vegades es pot observar algun somriure desenfadat perquè s'aplica allò del 'ja li tocava, pobre'. No. Allò era la desgràcia més gran que hi podia haver. Una noia jove. Però que ningú ho oblidi, era una noia jove, sí, però que a més, s'havia casat feia poquíssim temps. I a més a més, es desconeixia encara quin era oficialment el motiu de la seva mort. I per afegir-hi més coses encara, el seu marit no hi era present.

Després d'una missa extremadament llarga i excessivament catòlica pel meu gust, quan van començar a tocar una cançó final per acomiadar definitivament a la Susanna, vaig començar a observar els rostres de la gent per veure si per casualitat, encara esperançat, hi podia trobar l'Eric. I res.

La majoria dels que estaven allà, també havien estat al casament. De ben segur que ningú, absolutament ningú, pensava que després d'aquell casament, el següent funeral al que assistiria, seria el de la mateixa núvia. Amb aquella última cançó, s'acabaria un dia per oblidar.

El neguit de la incertesa es va apoderar de tot el que em rodejava durant els següents dies, fins que poc a poc la recerca de la veritat va anar prenent menys importància. Al final, els fets eren concrets i no els canviaríem per molt que sabéssim com i perquè va morir la Susanna. Amb el temps, vaig anar acceptant que aquests dubtes quedessin amb una resposta en blanc, com si no fos necessari tenir una justificació final per a tot.

Això va ser així fins que el trauma es va reobrir de sobte, quan em van donar notícies de l'Eric.

Quasi quatre setmanes més tard de l'enterrament, vaig rebre una trucada de la meva mare. Només despenjar, em va notificar que uns agents municipals havien trobat l'Eric a un poble petit d'Aragó, al voltant del desert dels Monegros.

- I on és ara? – li vaig preguntar ràpidament.

- No ho sé, fill, només sé el que m'ha dit una veïna meva que és amiga de la mare de l'Eric.

- Podies haver preguntat una mica més, no, collons? – vaig contestar amb molta mala hòstia. Havien passat setmanes des de la tragèdia i de sobte em donava la sensació que haguessin passat hores.

- Ho sento, fill, perdona, jo...

La vaig penjar tal qual, amb tota la mala educació del món. A la meva pròpia mare, que pobra, a sobre, m'havia fet el favor de comunicar-me la notícia. Molt mal fet per part meva.

Però necessitava més respostes. I per saber-ho, vaig trucar al pare de l'Eric. Mentre esperava que em respongués, continuava pensant que m'havia passat tres pobles amb ma mare i que just després, el primer que faria seria trucar-la i disculpar-me amb ella.

L'home va tardar relativament a respondre al telèfon. Quan va saber qui era, va canviar el to de veu, semblava tens.

- Hola, m'han dit que han trobat l'Eric? – vaig preguntar.

- Sí. - va contestar secament.

Vaig esperar uns segons més per veure si s'esplaiava en la contestació però sorprenentment no va ser així. Vaig haver de preguntar-ho literalment:

- I què? Com està? Com ha succeït?

- Bé, estava en un poble de mala mort, malvivint. El van trobar perquè l'encarregat d'un supermercat el va enxampar intentant robar una llauna de refresc, molt penós. Em fa vergonya explicar-ho, la veritat. Tinc un fill patètic. – va contestar, amb un aire molt decebedor.

- Però bé, el cas és que ha pogut explicar el que va passar a la policia? Què li ha dit el seu fill? Com és que no m'heu avisat? – vaig dir.

Jo començava a posar-me dels nervis al veure que aquell home no s'explicava prou davant un fet tan transcendental.

- Tranquil·litza't noi. El cas és que el meu fill ha certificat que no estava al pis mentre la Susanna es va tallar les venes. Ha passat uns dies en xoc i desorientat, però es veu que ara ja està assimilant el que va passar i poc a poc tornarà a la normalitat – va dir l'home amb total parsimònia.

- Però i com va ser llavors? L'Eric la va trobar morta directament a l'arribar a casa? I després va fugir i no va decidir trucar la policia? – preguntava jo, accelerat com no ho havia estat mai.

- Crec que ja saps on va anar just després de sortir de casa la Susanna – em va comentar aquell senyor, amb to de detectiu.

- Per això va venir tacat de sang a casa meva clar... i perquè no m'ho va dir directament? Potser haguéssim pogut trucar una ambulància i potser arribar a temps o... suposo que ja devia veure que ella ja no tenia constants vitals... però... quina merda... i perquè va venir a casa meva? Què hi tinc jo a veure?

- Mira noi, tot això li pots preguntar a ell, ara està declarant a la comissaria del barri – em va dir aquell imbècil, perquè no tenia altre nom.

Com podia estar tan tranquil? Que no tenia sensibilitat per res el puto pare de l'Eric?

Encès de ràbia, vaig agafar el cotxe i vaig anar tan ràpid com vaig poder a buscar respostes més concretes.

Vaig aparcar de molt mala manera i vaig entrar esbufegant cap a la recepció de la comissaria.

- Perdoneu, està declarant aquí el senyor Eric Armengol? – vaig dir, saltant-me pràcticament la meitat de síl·labes.

La resposta va ser una negació cruel:

- Acaba de marxar fa 5 minuts.

Com si es tractés d'una cacera ferotge, vaig sortir un altre cop de l'edifici i vaig mirar a banda i banda del carrer uns quatre-cents cops. No hi era. Merda. L'havia perdut. Un altre cop.

Una vegada havia assimilat la meva gran desil·lusió, vaig veure arribar la Mireia corrent.

Val a dir que la meva relació amb ella continuava sent molt fotuda i semblava per moments que l'espurna s'anava apagant de forma més alarmant. Des de la mort de la Susanna, ella m'evitava sempre que podia, em contestava sempre amb frases curtes i jo realment no sabia com afrontar aquella situació.

Em vaig sorprendre moltíssim i li vaig preguntar:

- Com estàs? Què fas aquí? Feia ara dies que no ens...

- Està dins l'Eric o no? – em va tallar ella, anant molt directa al gra.

- No, els agents m'han dit que ja ha pres declaració i ha marxat. A mi m'ha fet molta ràbia perquè..

- Merda no fotis! – em va tornar a tallar, desesperada.

- Què et passa? – li vaig dir alçant una mica el to.

- Que què em passa? Que volia veure el fill de puta que va matar la meva amiga, això em passa! El teu estimat amic pirat dels collons, a qui tu encara defenses, tot i ser evident que està sonat i que és un puto assassí!

Ho va deixar anar tot de cop. No m'havia comentat cap dia que ella personalment tingués aquesta visió del fets. Jo sí que veia clar que era un suïcidi, tot i no entendre perquè, però sabia que era més lògic això, que no pas que el meu amic hagués assassinat la seva dona.

Allò podia venir influenciat pels rumors que els mitjans de comunicació deixaven anar sense contemplacions. Segurament era més fàcil pensar que el meu amic era boig, en comptes de creure que era la seva amiga qui havia perdut la xaveta. Podia tenir la seva lògica.

No cal dir que el seu comentari em va fer mal. Sí, perquè jo estava segur que tot acabaria tenint sentit i que la veritat es resoldria, o més ben dit, s'oficialitzaria, ja que la policia tenia clar que allò havia estat una immolació des del principi.

- Crec que estàs molt equivocada carinyo – li vaig dir sense tan sols pestanyejar.

- Continues defensant el teu amic assassí? Em fas fàstic, no vull que em tornis a tocar mai més! Com pot ser que encara, pensant fredament, pensis que ell no va matar-la....

No va poder acabar la frase. Va marxar histèrica, no sense abans dir-me, ja des de la llunyania:

- Tu i jo hem acabat!

Així? Així es donava punt i final a la nostra relació? Quina buidor. Quin desconcert. Quina... quina merda d'època aquella.

Les setmanes següents a la declaració de l'Eric només esperava poder tenir accés a les conclusions generals que la policia havia tret de tota la història i que s'aixequés el secret de sumari. Volia llegir el relat sencer, escrit amb l'ajuda de les explicacions de l'Eric, per veure quina era la versió oficial del fets. I com bé dic van passar setmanes... unes setmanes que, recordo, van ser literalment fastigoses.

Sense el recolzament de la meva parella, amb la pietat dels meus pares i la immensa solitud que començava a penetrar el meu dia a dia, només veia que l'única cosa que em podria fer passar pàgina eren els maleïts informes policials.

Com tot en aquest món, el final va arribar, i després de fer la petició adient, vaig tenir accés a aquella paperassa.

La cronologia de la mort de la Susanna va ser la descrita a continuació:

"El senyor Eric Armengol va arribar a les onze de la nit aproximadament a casa seva on també hi residia la seva dona, Susanna Montnegre. El senyor Armengol comenta que ell va arribar més tard del normal a casa perquè es va trobar un company de feina i s'hi va quedar xerrant, però que habitualment arribava sobre les nou del vespre per sopar amb la seva parella.

A l'arribar a l'apartament, va trobar a la seva dona estesa al lavabo amb les venes tallades i inconscient. El senyor Armengol explica que primer la va agafar dels braços i el coll, i va mirar si tenia pulsacions. A continuació, al veure que ja era morta, el senyor Armengol va entrar en un estat de xoc i va decidir fugir del pis corrents, anant a buscar el seu amic per veure si li podia oferir ajuda.

Enmig d'aquest estat de bogeria, el senyor Eric Armengol, va picar desmesuradament a casa del seu íntim amic, Jofre Escribà, al voltant de la una de la matinada. Finalment aquest va accedir a obrir. A continuació, el senyor Escribà va empènyer el senyor Armengol només obrir la porta, a causa de l'exaltació que tenia per despertar-lo a aquelles hores intempestives.

Aquella petita agressió va propiciar que Eric Armengol, sense sentit de la raó, apallissés a Jofre Escribà fins a deixar-lo inconscient i marxés posteriorment corrent. Finalment, Eric Armengol assegura que aquella nit va estar passejant per la ciutat sense rumb i a l'arribar el migdia del dia següent, va agafar un autocar direcció Saragossa. Després d'uns pocs dies a la capital aragonesa, residiria a un petit poble anomenat Villanueva de Sijena.

El motiu pel qual el senyor Eric Armengol creu que la seva dona es va suïcidar va ser a causa d'una depressió que deia que ja arrastrava de feia mesos, amb la qual Susanna Montnegre havia estat convivint. Registrant l'apartament, s'ha comprovat que efectivament la senyora Montnegre tenia multitud de pastilles per combatre aquesta malaltia, fet que reforça la justificació del senyor Armengol."

Aquest era el resum executiu de l'informe, ja que hi havia centenars de fulls per regirar. Però amb allò ja en vaig tenir més que suficient.

Per una banda, l'Eric havia mentit comentant que jo aquella nit l'havia empès, quan no va ser així, però suposo que d'alguna manera havia de justificar que em fotés una pallissa colossal.

Per l'altra, em va semblar estrany que l'Eric aquella nit arribés tard a casa la Susanna. Es va quedant xerrant amb un company de feina? No era gens habitual en ell aquestes dots socials d'"afterwork". Jo no parava de donar voltes a la marca de pintallavis que duia el meu col·lega abans de pegar-me a la matinada.

Vaig començar a veure com tot allò s'anava enfosquint, que res era tan clar com jo volia pensar. Però tampoc volia creure que l'Eric havia matat a la Susanna. Per què ho hauria d'haver fet? No tenia cap motiu aparent.

Podia ser que l'Eric s'hagués enrotllat amb algú altre i la Susanna els hagués enxampat i per això s'havia suïcidat? O si senzillament era carmí de la Susanna i li havia fet un últim petó al veure-la morta? Ostres.. res acabava de tenir molt sentit.

I davant de tot això, el més important: per què collons l'Eric va venir a casa meva a dir-me que tot era culpa meva?

Van continuar els dies dolents. I tan dolents. La tristor causada per una mort és normal, humana. Però la tristor per culpa de la confusió, del no trobar el perquè, és la pitjor pena que un ésser viu pot tenir. Quan no trobem les respostes essencials de la nostra vida, perdem tot allò que som, el nucli de la nostra existència. Així era com em sentia jo, buit.

Pensava en declarar a la policia que el meu amic aquella nit portava carmí. També tenia impulsos d'explicar als agents que era molt estrany que ell hagués arribat tan tard a casa parlant amb un company de feina. M'hagués agradat suggerir-los que investiguessin més si allò era cert.

Però en el fons, era tant el desconcert, que una part de mi em deia que havia d'enterrar aquell record, aquell cas, la Susanna... i volia oblidar l'Eric. El volia esborrar per sempre. M'havia apallissat. M'havia decebut. M'havia abandonat sense respondre ni donar la cara. Ja està, s'havia acabat. No en volia saber res mai més. I per tant, no diria res a ningú de tot plegat.

I dins aquest bosc profund al que estava immers, sense la Mireia ni ningú més al meu costat, va començar a renéixer en mi una altra joventut.

Viure amb els meus pares ja havia començat a ser inaguantable per mi mateix, perquè no podia suportar la seva mirada trista i de pena pel que m'havia passat. Necessitava volar sol.

Amb aquesta voluntat, vaig cercar habitacions de lloguer a la ciutat i la primera que vaig visitar va ser directament la que vaig escollir. Es tractava d'un pis que hi vivien dos estudiants alemanys que estaven d'Erasmus, molt simpàtics per cert. I allò va ser el detonant per tornar a fer la cabra boja. A tornar a sortir de festa com mai. A reviure el rebel que havia estat.

Anava a tots els locals musicals que podia per desinhibir-me de tot el que havia viscut, bevia quantitats ingents d'alcohol com si tornés a reviure el meu primer any d'universitari i fumava algun porro a les nits per poder conciliar el son, ja que em costava molt adormir-me en aquella època.

També vaig aprofitar per follar tot el que vaig poder perquè en el fons no m'importava gaire res ni ningú, només volia passar-ho bé i no recordar gaire el que havia fet la nit anterior. Era fàcil lligar en aquell temps perquè el fet de viure amb estudiants feia que coneguessis gent nova cada dia.

Vaig riure molt i vaig conèixer centenars de persones que em van donar grans moments, però sabia que en algun instant el meu cos demanaria un descans. I quan deixés ni que fos una petita estona reflexionar el meu cap, sabia que tot el pes de la meva realitat em cauria sobre meu.

Vaig estar d'aquesta manera durant un any i mig aproximadament, un temps de vivències i aventures per recordar, però una època que en el fons, el que demanava a crits era esborrar de la meva memòria l'horror de la mort de la Susanna.

I van ser passats aquests mesos, que vaig adonar-me que volia tornar a centrar el cap per reconduir la meva vida. Era curiós, però després d'haver-ho passat tan bé, començava a tornar a estar trist. Com si no hagués passat ni un segon de tota aquella merda. I vaig tornar a pensar en ella: la Mireia. Només ella em podia retornar les ganes de viure.

La vaig trucar una, dues, trenta-quatre vegades. Fins que ella, al final, sí, em va contestar. I li vaig demanar si us plau si em podia ajudar. A ajudar a oblidar el dolent. A recordar el bo. En fi, a tirar endavant.

Finalment va accedir a quedar amb mi i li vaig transmetre que em sentia ofuscat, desorientat, sol i incomprès. Em va entendre. Ella també havia passat una època d'alts i baixos i comprenia perfectament la meva inestabilitat.

Vam tornar a connectar tant que vam tornar a ser amics... i poc a poc, amb els dies, les setmanes, els mesos... sí, va tornar l'amor. L'amor que en realitat mai havíem trinxat.

Cap dels dos teníem una resposta comprensible a la mort de la Susanna però per fi havia passat el temps necessari perquè arribéssim a un punt crucial: ja ens era igual a tots dos. Havíem, per fi, passat pàgina.

Capítol 8

La Núria torna a la ciutat

Ja havien passat quatre anys des de la tragèdia i tot allò que havia fet trontollar (i molt) la meva relació amb la Mireia semblava que ja estava superat. Tenia la sensació que això estava íntimament lligat al fet que el meu amic de l'ànima començava a caure en l'oblit perquè no n'havia sabut res des de l'incident. Probablement deuria marxar a l'estranger ja que ningú, absolutament ningú, en va saber res més.

Vaig estar molt temps enyorant l'Eric, molt, però al final per moltes dificultats que trobem, aquesta carretera que és la vida és una via d'un únic sentit on només pots fer una cosa: tirar endavant. Precisament això és el que vaig fer, i vaig tornar a ser feliç deixant enrere les misèries i els retrets.

Eren ja altres temps. Tenien una altre olor, un altre caire. Ja no érem joves inexperts sinó joves madurs, persones que no volen deixar de jugar però amb una mentalitat sòlida, uns principis que començaven a marcar la nostra manera de ser. Tots havíem canviat una mica. Començàvem a perdre innocència, per guanyar essència.

I la societat també havia canviat. Perquè ja en aquella època ningú es podia desenganxar dels telèfons mòbils i s'iniciava una revolució digital que ho començava a qüestionar tot.

Les màquines estaven presents a tot arreu: les cases, els carrers, les places... i també les persones ens estàvem tornant màquines. Les operacions de cirurgia estètica cada cop eren més perfectes i la gent ja podia escollir ser o assemblar-se a qui volgués canviant d'aspecte com si res. Feia por, la veritat, l'avanç de la ciència i la tecnologia.

Jo i la Mireia ja vivíem junts des de feia dos anys. Havíem fet el pas després de la crisi que havíem passat i va ser un impuls enorme que va catapultar la nostre relació cap a una etapa diferent però amablement plàcida. Potser ja no érem una parella efusiva com al principi, però sí que vam guanyar exponencialment en complicitat i confiança.

Ambdós teníem una vida rutinària però que ens agradava. Treballàvem en feines que ens apassionaven (jo era director d'innovació d'una empresa de cotxes elèctrics i la Mireia era comptable d'una companyia tecnològica de molt renom) i aprofitàvem els caps de setmana junts com si fossin els últims mentre descobríem noves amistats.

El que sí que havíem perdut eren els amics de sempre i això era una cosa que jo sabia que a la Mireia li feia molta pena. Després de la mort de la Susanna, ella s'havia pogut retrobar durant un temps amb la Joana i la Núria, però poques setmanes més tard, van tornar a perdre el contacte perquè veure's els hi feia massa mal. Acabaven parlant sempre de la seva difunta amiga.

Per aquells temps, la Núria també portava tres anys a l'estranger, concretament a Tokio, on havia avançat un munt dins la recerca genètica. Era un referent en l'àmbit i tenia molt bona reputació en el món de la ciència.

De qui no se sabia res era de la Joana, ja que dies després de la mort de la Susanna va deixar d'estar disponible al mòbil. Vam acabar trucant als seus pares i aquests ens van dir que havia marxat a Varsòvia amb uns amics i que segurament s'hi quedaria a viure un temps llarg. Ves a saber, segurament després deuria seguir voltant per l'estranger.

La meva parella enyorava molt les seves amigues i jo ho notava. Sabia que això podia ser el punt dolç que acabés d'arrodonir la seva vida. I ves per on, com que ja se sap que mai res és per sempre, vam saber que la Núria havia donat per finalitzada la seva etapa al Japó i que tornava a la ciutat per potenciar la recerca al nostre país.

El que va emocionar més a la Mireia és que va ser la pròpia Núria qui la va trucar per avançar-li la notícia. Això a ella li va fer molta il·lusió, perquè va veure que l'enyorança era recíproca i per tant les dues tenien les mateixes ganes de reprendre el contacte.

Quan va arribar, jo i la Mireia la vam anar a recollir a l'aeroport i la primera sorpresa que vam tenir és que no va arribar sola: va venir acompanyada de la seva parella.

Nosaltres no ho sabíem però el fet és que feia mesos que sortia amb un noi suec que va conèixer allà i que era metge del mateix centre de recerca. Es deia Asbjörn i era un noi alt i ben plantat. Era molt evident la seva fisonomia de país nòrdic: ros, alt i de pell ben blanca. Es notava que havia començat a aprendre algunes paraules en català amb la Núria perquè intentava combinar alguns mots per fer-nos entendre que estava fent esforços per aprendre l'idioma. Semblava un tio ben simpàtic. Els vam ajudar a carregar les maletes i el vam acompanyar a casa.

De camí, la Núria ens va estar explicant totes les seves experiències científiques. No parava de remarcar que tot el que s'estava evolucionant amb la genètica havia superat qualsevol barrera racional i que havia canviat la seva forma d'entendre i veure la vida. Ella tenia la seguretat que tard o d'hora també ens la canviaria a nosaltres.

A mi aquell 'speech' em va ser un pèl avorrit però sí que em va alegrar, i molt, veure la cara radiant de la meva parella, feliç de retrobar una de les seves millors amigues.

Un cop els vam deixar a casa dels pares de la Núria, la Mireia em va mirar i em va dir:

- Que bé, sembla molt bon paio l'Asbjörn no?

Jo vaig assentir amb el cap i seguidament vaig comentar:

- Crec que ens portarem bé, sí.

A mi, d'entrada (seré sincer), em feia una mica de mandra haver-me de fer amic d'un suec que amb prou feines entenia el meu idioma, però sí que s'intuïa bon xicot i volia fer aquest petit esforç per la Mireia, perquè pogués recuperar temps perdut amb la Núria.

L'endemà mateix, les dues amigues ja es van trucar per establir un dia per quedar. També hi érem "voluntàriament" convidades les parelles corresponents. Com que l'Asbjörn i la Núria encara estarien uns dies a casa els pares d'ella (abans d'anar a viure a un altre pis ells dos sols), vam proposar fer un sopar a casa nostra.

A mi la veritat és que no em feia res, tenia curiositat per veure com els hi havia anat per Japó, quines costums els hi havia xocat més, etc.. i segurament no tant per la feina que hi feien, de la qual jo no hi entenia ni la meitat. Ja feia temps que la convivència amb la Mireia portava el seu camí i realment el fet de convidar gent a casa és molt agradable quan ja sents que aquelles quatre parets són teves.

El dia abans, doncs, vaig anar al supermercat a comprar tot allò que necessitava pel sopar de l'endemà. Personalment el que ens passava vivint en parella és que pràcticament sempre teníem la nevera bastant buida, amb allò just i necessari per a sobreviure durant la setmana. Quan venia més gent, doncs, calia comprar més menjar, no només pel propi sopar, sinó perquè si per casualitat els invitats obrien la nevera, veiessin que no ens faltava de res. He de reconèixer que aquesta era una de la meves manies personals.

Així doncs, mentre estava comprant una quantitat ingent de menjar i beguda, de sobte, una casualitat increïble: vaig veure justament la Núria a l'apartat de drogueria. M'hi vaig acostar ràpidament.

- Què hi fas aquí? – vaig preguntar, potser de forma massa directa.

- Eh.. ei.. Eii! Ostres! – va exclamar molt sorpresa, però quan vull dir molt, és que semblava que hagués vist un mort.

- Què passa però què fas aquí? Si aquest lloc et cau molt lluny de casa teva! Ja em diràs que no és coincidència que ens veiem aquí, oi? Perdona que he vingut molt a sac però és que he al·lucinat al veure't.

- És que he vingut a acompanyar la meva amiga, l'Anna, a comprar. Ella viu relativament a prop de casa vostre – va dir ella, assenyalant la persona que tenia al seu costat.

No me n'havia adonat que no estava sola, clar. Vaig girar al cap i la vaig veure a ella, que curiosament, encara semblava més atònita que la Núria. Era una noia atractiva, rossa, de faccions dures i alta en comparació a la mitjana habitual de les dones.

- Perdona ho sento, no havia vist que anaves amb ella. Així que et dius Anna? I fa molt que vius pel barri? – vaig preguntar per tallar el gel.

- No, no fa gaire, pocs mesos només – va dir amb la veu entretallada.

- Ho sento, perdoneu, no us volia interrompre. Veig que us he agafat molt per sorpresa – vaig comentar al veure que no hi havia una reacció molt amigable.

- No home no, perdona'ns a nosaltres que t'hem contestat secament. És que has aparegut molt de sobte! L'Anna és amiga meva de fa temps perquè ens vam conèixer a Tokio, de fet. Ella va marxar cap aquí ja fa quasi mig any i ara he arribat jo. Com que encara no ha tingut temps de fer molts amics, doncs l'he acompanyat a comprar i que de passada m'expliqués com havia anat aquest temps d'aclimatament. No passa res, no pateixis Jofre.

- Que bé, no? Així que també d'allà. Que bo, tu! Bé, doncs, res, no us vull molestar més, perdoneu. De fet, demà tenim el sopar amb l'Asbjörn així que ja ens veurem allà. – vaig voler acabar aquell diàleg per no allargar-ho més.

- Gràcies Jofre, ens veiem demà! – va dir ella, alleugerida.

Vaig girar cua, dirigint-me cap a l'apartat de xarcuteria per comprar algun bon tall de carn. Pensava en perquè elles dues s'havien tallat tant davant meu. Havia estat massa agressiu? No. Calla, que potser a l'estar davant l'estand de compreses estaven parlant d'algun tema d'higiene íntim i potser per això s'havien sentit sorpreses. Quina xorrada, vaig pensar amb mi mateix a l'instant. Doncs no ho sé... em vaig quedar amb la incògnita.

A continuació vaig estar rumiant en la conversa. L'Anna era del meu barri i feia poc que estava aquí.. se'm va encendre una bombeta. Una llum que no sé ni jo mateix perquè es va engegar. Però vaig recular ràpidament, vaig anar a buscar-les de nou. Les vaig trobar només uns metres més enllà.

- Ei noies, ara no us espanteu eh? – vaig dir amb to irònic.

- He pensat que ja que l'Anna fa poc que està aquí... perquè no ve ella també al sopar i així ens coneixem tots? Com més serem millor, no? – vaig dir engrescat.

La Núria i la seva amiga Anna encara van fer pitjor cara. Encara ho havia espatllat més? No ho entenia.

- Què et sembla Anna, et ve de gust? – va dir la Núria, com passant-li una patata ben calenta, una decisió que en cap cas ella volia prendre.

- Eh... sí, per què no? – va afirmar, amb la pitjor convicció que mai havia vist.

- Perfecte doncs compro menjar per una persona més. Ens veiem demà! – vaig acomiadar-me en sec.

Què havia fet malament ara? Volia ser cordial només. Bé, tant se val... el mal (que no entenia perquè era 'mal') ja estava fet. Segurament ni els hi va venir bé que jo els tallés la conversa, ni la tia aquella tenia cap ganes de venir al sopar i l'havia forçat a venir. De dos intents, cap de bo.

Després, quan ja vaig sortir del garatge del supermercat i estava conduint cap a casa, interiorment em vaig preguntar: per què la he invitada a ella? Jo mai havia estat una persona exageradament amigable d'entrada, la veritat, però de sobte, va sorgir un estat d'obertura social gens recurrent en mi. Doncs bé, durant el trajecte a casa no ho vaig aconseguir entendre. De vegades fem coses i no sabem perquè les fem.

Quan vaig arribar, li vaig traslladar a la Mireia que vindria també una amiga de la Núria i ella hi va estar encantada fins que em va preguntar:

- Molt bé! Què ha estat la Núria que t'ha demanat si podia venir ella per conèixer gent nova?

- No, he estat jo que l'he convidat.

- Ah. Doncs... perfecte com més serem, més riurem... suposo. – va deixar anar la Mireia, sense saber exactament si allò era una bona o mala idea.

Finalment, doncs, amb aquella reacció dubitativa, vam plantar-nos a l'endemà, al dia del sopar.

Van arribar tots els convidats junts, tant la parella com l'Anna. Suposo que a l'amiga de la Núria li devia fer vergonya arribar sola i devien quedar abans tots tres.

Jo i la Mireia, com a bons amfitrions, ho havíem preparat tot detalladament. La taula estava bonicament preparada per a l'ocasió i vam estar cuinant des d'última hora de la tarda perquè tot estigués ben llest. Era entretingut, també, passar l'estona amb la meva parella a la cuina xerrant i dubtant sobre si a tots els hi agradaria el menjar o no. He de remarcar que la convivència amb la Mireia era un autèntic plaer.

Així doncs, després d'una cerveseta prèvia, ens vam assentar per començar a menjar. La veritat és que al principi va costar arrancar. Les primeres temàtiques sobre el gran vent que feia al carrer, la pobra política dels dirigents actuals i la precocitat de la penjada de les llums de nadal al carrer no eren precisament engrescadores.

Posteriorment la Núria va arrancar a xerrar sobre les seves experiències laborals allà Tokio i l'impacte mundial que tindria les evolucions genètiques que s'estan fent allà, mirant-nos a mi i la Mireia amb ulls incisius, com si ens hagués d'interessar moltíssim. Realment ella li donava molt èmfasi perquè s'ho creia molt, però altre cop a mi m'avorria com una ostra.

Mentre ella xerrava, vaig mirar l'Anna i ella mirava cap al centre de la taula, com si tampoc li importés gaire el que la seva amiga explicava, o potser com si ja hagués sentit aquell discurs mil cops. Tenia clarament el cap a un altre lloc. Perquè ella també se sentís inclosa en el sopar i per (perquè no dir-ho) canviar de temàtica, vaig preguntar:

- Escolta i com us vau conèixer amb l'Anna, que la tenim aquí asseguda i encara no sabem ni de què treballa ni res? – vaig anunciar, tallant una mica el relat actual de la taula.

La Núria s'ho va prendre prou bé que l'interrompés i em va dir:

- Home i tant, disculpa! L'Anna i jo ens vam conèixer a la cafeteria del centre de recerca on estàvem. Ella feia feina d'administrativa allà i res, un bon dia vam començar a xerrar i ens vam fer amigues de seguida.

- Sí, exacte, va ser una connexió força ràpida. Feia temps que coincidíem després de dinar i mira finalment vam decidir conèixer-nos. De fet, després vam començar a quedar i ens muntàvem unes festes boníssimes. N'hi va haver una sobretot que va ser brutal...

A partir d'aquí va començar a explicar històries molt divertides que havien experimentat. L'Asbjörn, pobre, no entenia gaire cosa ja que l'Anna parlava molt acceleradament i encara feia més difícil entendre-la. A mi em feia molta gràcia com relatava les coses.

El vi va començar a circular amb facilitat per la taula i la gent es va anar animant a comentar situacions còmiques que els hi havien passat durant els últims anys. M'ho estava passant pipa.

Els minuts i les hores van començar a avançar de forma vertiginosa. Sol ser així quan un s'ho passa bé. I amb aquest ambient festiu, en un moment determinat, vaig voler recordar la Joana, de la qual no en sabíem res des de la tràgica mort de l'Eric.

- Que bo seria que la Joana estigués aquí també, oi? Recordeu què animada i simpàtica era? Tu Núria saps alguna cosa d'ella?

- Eh... la veritat, sé que està vivint fora, penso que era algun país europeu que ara no sabria dir-te. – va dir ella, una mica sobtada perquè la pregunta li va venir a contrapeu.

- Ostres, o sigui que com a mínim la tens localitzada? Tu sabries donar-me algun contacte d'ella o la direcció on viu? Pensava que ja no sabríem mai més què faria ni què en seria del seu futur! – va saltar la Mireia, visiblement emocionada.

- Bé, tampoc ens exaltem, ara no et sabria dir si trobaré el seu telèfon perquè el tenia apuntat al mòbil de Tokio i amb el trasllat aquí he canviat de terminal i no sé si he llançat l'antic ja... no sé si ho trobaré. Ho buscaré, però... – va comentar la Núria, intentant rebaixar l'eufòria.

- D'acord, això no ho pots haver perdut que és la nostra amiga de la infància! M'encantaria saber d'ella. – va insistir la meva parella, perquè li quedés clar a la Núria que fes un sobreesforç per trobar-ho.

Poc després d'allò, en un tres i no res, vaig observar que l'Asbjörn no parava de badallar i acte seguit li va demanar a la seva parella si podien començar a tirar cap a casa.

Jo ja anava una mica begut i com a bon amfitrió, vaig insistir perquè es quedessin una estona més. Aquell gest no va donar resultats ja que es van aixecar i amablement ens van dir que un altre dia continuaríem, més i millor. Com que aquella resposta no em va semblar satisfactòria, vaig demanar-li a l'Anna que ho intentés:

- Anna, els hi pots dir que... una estona més, no?

- Jo, si no ho volen, no hi puc fer ressss – va dir ella, allargant la essa final, símptoma que tampoc anava molt fina.

Posteriorment l'Anna es va aixecar per marxar juntament amb la parella i jo vaig dir:

- Tu també marxes, Anna? No cal, no?

Vaig quedar-me mirant l'Anna fixament durant uns segons... i quan vaig girar la cara i vaig observar el rostre enfadat de la Mireia ho vaig entendre ràpidament: la resposta havia de ser que no.

- Bé, bé, és igual, un altre dia seguim cap problema – vaig dir per no posar a l'Anna entre l'espasa i la paret.

Ens vam acomiadar enmig d'uns llargs i seguits 'això ho hem de repetir' i finalment vam tancar la porta.

La Mireia seguia amb ulls agressius, no estava contenta. Li vaig preguntar si estava incòmode per alguna cosa i òbviament, vaig cometre el pitjor error en aquests casos: mai li preguntis a la teva parella si està molesta, si ja veus que ho està. Vaig pensar que hi ha principis bàsics de parella que s'haurien d'explicar, no sé a on, potser a les universitats, no ho sé...

La meva ment clarament estava adulterada per l'alcohol així que no tenia cap ganes d'establir una discussió. Vaig agafar quatre copes buides per acabar de recollir la taula, vaig enfilar les escales cap a l'habitació i em vaig deixar caure al llit tal qual. Demà ja seria un altre dia.

Però clar, l'endemà va arribar. I la mala cara de la Mireia seguia, potser menys profunda, però es mantenia. Ella, a l'aixecar-me, em va preguntar amb to burlesc:

- T'ho vas passar bé ahir, eh?

Jo vaig dir que sí amb el cap. Estava un pèl cansat, m'havia posat a dormir amb una posició incòmoda i em feia una mica de mal d'esquena. No estava de ressaca ni molt menys, però no em sentia totalment a gust.

- Com és que vas invitar a l'amiga de la Núria a sopar? – va preguntar la Mireia, com si fos una pregunta del tot innocent.

- Si et dic la veritat, no ho sé. Suposo que em va sortir un acte de gentilesa al veure que ella és del barri. Ja saps que no sóc molt social però ves per on aquest cop ho vaig ser – vaig dir amb un to del tot desassossegat.

- Ja ho sé que no ets el noi més relacions públiques del món, per això t'ho pregunto, justament – va comentar ella, amb una intenció clarament fosca.

- Ja. Jo també em vaig sorprendre, mira. Coses que passen.

Així va ser com vaig tallar aquella conversa de la qual no en podia sortir gaire de bo.

Havia entès, sense parlar-ho directament, que a la Mireia li hagués fet gràcia un sopar de parelletes i que no vingués aquesta noia que, d'una banda no coneixia i que, per l'altra, va estar fent bromes amb la seva parella durant tota la nit.

Jo tenia ganes de tornar a quedar, m'ho havia passat bé. Per què havia de renunciar a veure-la? Jo tenia claríssim que estimava la Mireia i a mi l'Anna no m'atreia sexualment (tot i que era molt guapa), per tant, ho veia tot netíssim. No seria jo qui em posés en contacte amb l'Anna perquè tot és mal interpretable en aquest món, ho entenc. Però si coincidíem o es tornava a muntar un altre sopar, no hi trobaria cap problema.

Capítol 9

El festival

Ens ho vam passar tan bé tots plegats, que la Núria, al cap d'uns dies, ens va proposar a mi i la Mireia si volíem anar a un festival de música 'indie' que feien tocant a un dels barris perifèrics de la nostra ciutat. A mi aquell tipus de música m'encantava, si bé és cert que els festivals mai m'havien semblat apassionants perquè les multituds m'atabalaven una mica. Tot i així em venia de gust. A la Mireia li va semblar també perfecte perquè feia temps que no anàvem de festa.

- Fa temps que no anem de festival, eh? Crec que l'últim que vam anar junts va ser aquell de Canet de Mar fa quasi quatre anys – vaig dir entusiasmat.

- Sí, la veritat és que pot ser divertit. L'única cosa que no m'ha quedat clara del que ha dit la Núria és qui més hi anirà – va deixar anar secament.

Primerament no vaig entendre la frase, em va costar un segons enganxar el sentit d'aquella sentència. Tot i així, em vaig fer el despistat i li vaig preguntar perquè ho volia saber.

- Home, no sé si ha dit que vindrà l'Asbjörn també o si anirà sola o si, no sé, si vindrà també la seva amiga aquella... – va mig xiuxiuejar ella, amb els llavis quasi tancats.

- Això és el de menys, no? Si som tres o cinc o set és indiferent si estem junts, oi? – vaig voler dir, traient ferro a la qüestió.

- Sí, sí, clar... – va dir ella, sense més.

Quin ambient més estrany es respirava. La irrupció de l'Anna (la Mireia ni havia pronunciat el seu nom, havia dit "la seva amiga aquella") havia estat més destacada del que em pensava. I només havia estat a casa una sola nit.

De sobte vaig veure per primer cop com la meva parella prenia un caire més seriós i misteriós. Estava incòmoda amb l'aparició d'aquesta noia. Com en moltes coses a la vida, un sempre pensa: 'ja li passarà', però no tenia del tot clar si en aquest cas seria així.

Després de quinze dies, va arribar el cap de setmana del festival. Vam decidir començar ben d'hora, havíem quedat per entrar al recinte just després de dinar per no perdre'ns ni una sola actuació.

Un cop vam arribar, vam veure que hi havia la Núria amb la seva parella i dues amigues més, entre elles, l'Anna. Vaig mirar la cara que feia la Mireia al veure que també hi era (per veure si feia cara de rallada) però vaig observar que estava impassible. Suposo que ja s'ho imaginava i, no ens enganyem, era el més lògic del món.

Crec que no estava pel tema, perquè el que realment li interessava quan ens vam trobar amb la resta, era saber si la Núria havia trobat el contacte de la Joana. I la decepció va ser gran perquè ella ens va dir que havia estat remirant tot el seu nou pis i no va tenir sort en la recerca del número de telèfon. Quina pena, doncs, l'única pista que teníem d'ella s'havia esfumat.

Tornant al context que ens ocupava, la veritat és que el recinte on es feia el festival impressionava moltíssim. Era un espai obert molt gran on s'hi ubicaven tres escenaris, dos dels quals eren relativament petits però l'escenari principal era espectacular. Segurament allà hi cabien unes vint-i-cinc mil persones perfectament.

Vam anar a fer les primeres cerveses i ràpidament vam començar a passar-ho d'allò més bé amb tota la colla. Perdoneu, m'havia oblidat de dir-vos que l'altra amiga de la Núria (a part de l'Anna) es deia Flor, i era una tia de Berga que coneixia de... ostres ara ja no recordo ni d'on la veritat. El cas és que era molt divertida i feia molta gràcia perquè no parava d'al·lucinar amb la multitud de gent que començava a congregar-se dins el festival. Ella comentava que era el primer cop que anava a un esdeveniment d'aquestes característiques.

A mesura que anaven passant els minuts ens vam anar entonant i vam passar de cantar les cançons de forma tímida a ballar sense cap tipus de complexes. Tenia la sensació que tots ens ho estàvem passant de luxe i realment era així.

Va ser així... fins que a la Mireia la van trucar cap al vespre. Ella es va apartar de tot el públic un moment i mentre es tapava les orelles per poder escoltar bé el telèfon, vaig anar veient que el seu rostre anava decaient. Va penjar desolada. Jo ja sabia que en aquell moment, alguna cosa feia que aquell dia èpic s'acabava i m'imaginava el pitjor.

Després de guardar-se el mòbil a la butxaca, va venir cap a nosaltres i ràpidament li vaig preguntar què passava.

- S'ha mort el gos dels meus pares.

Vaja. Com que jo estava pensant en un tipus de notícia més fotuda, vaig fer (o devia fer segurament) una cara de "ah, encara rai". Per què ho dic? Perquè la Mireia, a l'observar la meva reacció, es va emprenyar bastant.

- Què passa Mireia? Què he fet? – vaig exclamar fort, per intentar que em sentís per sobre de la música que estava a mil decibels.

- Res, res, tu ves a la teva com sempre – va dir ella, amb un to i una mirada clarament emboirada.

Val a dir que a aquelles hores ja portàvem alguns litres d'alcohol de més, i estic segur que allò també estava afectant a la situació.

- Em sap greu, de veritat. És una pena, què li ha passat al gos? Ha estat mort natural, oi? Per què ja era grandet, oi? Quina desgràcia, oi?

Li vaig fer tres preguntes més d'aquestes redundants, incloent el mot "oi" al final sempre (que encara deuria estressar-la més) i no en contestava cap.

Després de veure que no responia a res, li vaig girar l'esquena. No entenia la reacció, sincerament.

Havia de posar-me a plorar? El gos dels pares de la Mireia se me'n fotia tres pobles sincerament. Estàvem de festa, passant-ho bé, rient, cantant, ballant... En aquell moment no volia rallar-me més.

Fins que la Mireia em va picar l'esquena i em va dir:

- Ma mare m'ha demanat si puc anar a estar amb ells en aquests moments per recolzar-los. – va dir, seriosa.

- Ara? – va dir el meu subconscient, malauradament en veu alta.

- Quan vols que sigui sinó? Tranquil, no t'estic demanant que vinguis tu, jo me'n vaig ara sola. – va deixar anar sense miraments.

- Però tu els hi has dit als teus pares que estàs aquí? Mireia, que jo vinc amb tu, no pateixis si vols anem cap a...

Mentre li anava dient això, ella va passar literalment de mi. Va girar cua, i va anar camí cap a les taquilles a recollir la jaqueta per a marxar.

La vaig seguir i li vaig repetir que jo marxava amb ella, si ella ho volia, i em va rebutjar una vegada i una altra. Jo no sabia si estava dolguda per la mort del gos, per la meva actitud, perquè ella potser estava una mica borratxa i no estava assimilant bé la història... no ho sé, la veritat.

Però el cas és que jo no vaig marxar amb ella. Vaig deixar que abandonés el recinte sola, tot i que em va saber molt greu. Vaig prendre la decisió que jo no hi pintava res amb la família de la Mireia perquè s'hagués mort el gos i va pesar més aquell festival (i amb diferència).

Vaig estar una estona mirant al terra, amb el cap pensatiu, dubtant constantment... fins que algú em va agafar del braç. Era l'Anna.

- Què passa? On va la Mireia?

Li vaig explicar tot el que havia passat i va dir:

- Va, vine, jo tampoc hi aniria. No pateixis que hi ha coses que no s'hi pot fer res. Evadeix-te una mica i va, anem de pressa que ens perdrem el tema mític! – va dir embarbussant-se una mica. Ja anava una mica pujada de to.

Em va oferir la mà per agafar-li per anar cap allà. La vaig mirar. No vaig dubtar. El meu pensament va cridar un "a la merda" i tot seguit vam anar junts de la mà fins on estaven la resta de companys.

Va ser una nit molt boja. Els combinats anaven passant de mà en mà salvatgement i al final de la nit ja ningú podia recordar quants n'havia pres. De fet, se'ns va fer de dia allà dins i quan l'últim grup va acabar de tocar la darrera cançó, dels que érem allà, ningú volia que allò s'acabés.

Bé, de fet ningú no, la Núria i l'Asbjörn estaven esgotadíssims i van anar ràpidament directe cap a agafar un taxi sense quasi ni dir adéu.

I allà quedàvem, la Flor, l'Anna i un servidor, començant a odiar el sol d'una forma directe, sense contemplacions, maleint la presència de llum solar entrant dins les nostres retines. I va ser aquell moment, aquell en el que un ha de dir prou o en el que agafes aquella reserva de bateria que desconeixies que tenies i decideixes utilitzar-la per aquella ocasió.

I quan estava decidit a escollir la primera opció, va arribar la proposta de l'Anna:

- Ei, per què no anem a prop de casa meva que fan els millors croissants de xocolata de la ciutat?

Menjar. Oh. Dolç. Això és l'única cosa que va pensar el meu cap. Ni 'deixa'm veure si la Mireia m'ha dit alguna cosa al mòbil', ni preguntar-me 'la Mireia em deu estar esperant a casa?' ni l'encara més evident 'com deu estar la Mireia?'. Tot el que portés el nom de la meva parella en aquells moments no hi era. De fet, la Mireia va estar desapareguda del meu cap durant aquelles hores. L'Anna i les tonteries de la Flor ho havien aconseguit.

I ben directes que vam anar cap aquella cafeteria. I ben torrats, tan torrats que... puff! de sobte la meva memòria es va esvair i ja no recordava res més. Sense entendre-ho, em vaig trobar aixecant-me a una casa totalment desconeguda per mi.

Jo estava en calçotets, tenia la meva roba tirada per tot arreu. Era una habitació petita i amb clars tocs femenins, ja que hi havia també roba de noia (ben ordenada, això sí) i el color que hi predominava era el lila.

Vaig obrir la porta de l'habitació. Al sortir, vaig divisar un passadís i a la primera porta oberta que vaig veure hi havia un lavabo. Vaig entrar-hi ràpidament, m'estava pixant.

Sorprenentment, no tenia una gran ressaca, només un lleu mal de cap i una pèrdua de memòria del final de la nit bastant intrigant.

Mentre estava assentat a la tassa del lavabo (estava cansadíssim, no tenia ganes ni de pixar dret), intentava pensar on coi havia anat a parar i a quina casa estava. No havia ni acabat d'orinar que vaig sentir la seva veu:

- Home, ja era hora que t'aixequessis noi! Que ja són quasi les sis de la tarda!

Era l'Anna. Un dubte menys, vaig pensar. El lloc on estava era casa seva, segur. Bé, tampoc hi havia problema, el més probable és que després d'esmorzar hagués decidit quedar-me a casa d'ella perquè estava al costat de la cafeteria.

Vaig sortir del lavabo i ella ja m'estava esperant a fora.

- Quina merda vas pillar al final, nano! – va dir ella, rient fortament.

- Et vaig haver de portar cap aquí perquè no arribaves a casa viu, segur! Vas vomitar tot el que no està escrit a la cafeteria, no sé si l'amo m'hi tornarà a deixar entrar després del teu "numeret"!

Jo vaig fer un mig somriure perquè clar, en el fons no em feia gràcia haver donat aquella imatge lamentable. Ara entenia perquè no recordava gaire cosa i a més, perquè no tenia gaire ressaca.

- Ara bé, jo no t'he volgut aixecar perquè estaves molt perjudicat, però ja és ben entrada la tarda i potser estaria bé que avisessis a la...

- Collons, la Mireia! – vaig tallar-la en sec, molt nerviós.

- Exacte. Jo no tinc el seu mòbil ni res i no l'he pogut a avisar que estaves aquí. – va dir ella, mirant-me, encara somrient de veure'm en una situació tan fotuda.

- Merda, el meu mòbil on està, ràpid! – vaig dir enfurismat amb mi mateix.

Vaig saltar cap a l'habitació (encara amb calçotets) i vaig anar a buscar els meus pantalons. Vaig agafar el meu mòbil per veure si ella m'havia trucat o no però... ostres. Ja se m'havia acabat la bateria.

Em vaig vestir a la velocitat de la llum i vaig buscar la sortida d'aquell pis com un llamp.

- Marxo corrents, Anna! Ja parlarem, adéu!

Encara sortint d'allà podia escoltar l'Anna rient. No em podia haver aixecat? O preocupar-se per si la Mireia no em trobava i anar a buscar el meu mòbil dels meus pantalons per tranquil·litzar-la dient-li que jo estava bé i tot? Sé que allò no anava amb ella directament i potser no s'hi havia de ficar, però... de fet, no eren amigues directes, clar...

Què coi, tot era culpa meva. Havia passat de la meva parella. Cagada. Una bona cagada. Els remordiments ja s'estaven menjant tot el meu cervell mentre arribava a casa. S'acostava el vespre i jo encara no li havia donat senyals de vida. Quasi 24 hores més tard que ella marxés trista perquè se li havia mort el gos amb qui ella havia passat tota la seva infància.

És veritat que de vegades no cal que passin grans drames perquè una situació es torci molt i molt. I aquest era un cas. Estava dins un taxi, despentinat, fent pudor d'alcohol, pensant què podia dir o fer per maquillar tota la situació. La resposta: res, dir la veritat i deixar que em caiguessin els conseqüents pals.

Vaig entrar a casa mirant el terra, com si ja inconscientment estigués posant el coll perquè la Mireia em fotés un calbot. I a l'entrar-hi, sí que hi era. I estava impassible, mirant la premsa amb la tauleta tàctil.

- Què has fet? Deu ni do quina festeta, no? T'ho has passat bé? – va dir amb to tranquil, però amb un rerefons clarament obscur.

- Bé, sí, ha estat molt bé, vam estar ballant molt i.. però et volia dir que ho sento que em vaig quedar sense bateria i m'he quedat adormit a casa de l'Anna i...

- Te l'has follat? – em va deixar anar, quasi com si fos normal.

- Com? No, no, que dius. Ahir després del festival, ella va proposar d'anar a esmorzar a una cafeteria molt bona i jo em vaig trobar fatal i entre la Flor i ella em van ajudar a ...

- M'és igual, Jofre. M'és igual. No t'has ni dutxat, ni et vas dignar enviar-me un missatge al matí dient que arribaries tard. El mòbil se't deu haver quedat sense bateria dels cops que t'he trucat durant tot el matí i migdia al veure que no arribaves. – va tornar-me a tallar (i aquest cop per deixar-me les coses ben clares).

Jo vaig voler reconduir la situació ràpidament.

- Escolta'm bé, em sap greu, jo no sabia què fer quan vas marxar perquè vas anar-te'n molt ràpid i...

- Fem una cosa, Jofre. Per què no et dutxes? I després, per què no fots el camp del pis? A mi m'és igual que ahir no vinguessis amb mi perquè mira, ho podria haver entès. Però que ahir justament a sobre et marquessis un senyor festival tenint-me a mi fotuda, és que sincerament et sóc igual. I a sobre dorms a casa d'una altra tia? Va home, va! Et dutxes i te'n vas! – va acabar pujant el to perquè ens sentís tot el veïnat.

I així va anar la cosa, què us he de dir. Era una lluita que tenia el final escrit. Ja sabia que em cauria la bronca. Tot plegat era indefensable, què hi farem. Només podia esperar que li passés el cabreig.

Quan ja vaig sortir del pis (del meu propi pis), era ja fosc. Sabia que aquella nit no podia dormir a casa i no sabia on podia anar. Mentre deixava en suspens el lloc on dormiria, vaig pensar que havia de trucar l'Anna per explicar-li el que havia passat, més que res perquè jo havia marxat de casa d'ella corrents i malament. Pensava que es mereixia conèixer el desenllaç de tot plegat.

L'Anna, després d'escoltar-me per telèfon i estar d'acord en què jo no havia actuat correctament, em va oferir casa seva per a dormir aquella nit, ja que l'habitació on havia estat jo, ella no l'usava per a res i podia quedar-m'hi.

Vaig dubtar molt, molt. Si ho feia, la Mireia no ho havia de saber ni de conya. Però és que en aquell moment me n'adonava que no tenia cap amic que visqués sol o que em pogués deixar un llit sense molestar a tercers. I... vaig acceptar.

Mentre tornava cap a casa l'Anna (quin dia més estrany, pensava), vaig estar reflexionant la reacció de la Mireia i sobretot, em va fer ràbia el fet que no li havia pogut explicar bé tota la nit perquè ho entengués perfectament tot. No volia que es fes paranoies. A mi l'Anna no m'atreia i volia que la Mireia ho tingués clar, però amb aquest precedent que havia creat... era difícil.

I quan ja estava davant de casa l'Anna, vaig decidir deixar-li un missatge d'àudio pel xat:

- Anna, escolta, que al final no vinc a dormir a casa teva. Gràcies per l'oferiment però he trobat un altre lloc.

Aquella nit vaig anar a dormir a un hotel, sol. S'havia acabat fer el burro, tocava descansar i reflexionar què fer amb més tranquil·litat. No us enganyaré, tot i el terratrèmol emocional, vaig dormir pla: per fi podia dormir la ressaca com Déu mana.

Capítol 10

Dubtes

Els dies següents vaig estar sense posar-me en contacte amb la meva parella. Vaig trobar una pensió molt barata que em permetia no gastar-me una milionada cada nit mentre ordenava les meves idees i pensava com podia tornar a encarrilar la meva relació sentimental.

En aquella època, fins i tot als locals més tèrbols i ombrívols de la ciutat ja podies disposar de connexió a internet il·limitada i per tant no tenia problemes per poder consultar tot el que volgués i avançar feina des d'aquell hostal de mala mort. Allò em feia pensar també en les converses que mantenia amb la Núria sobre aquesta evolució tecnològica i científica tan ràpida que estàvem presenciant en aquells temps.

Bé, tornant al tema... el més estrany de tot plegat, és que hi havia una part de mi que deia que no, que no valia la pena lluitar per la Mireia. I no per com era ella, sinó per culpa de l'Anna. Per què? Perquè la comparava amb ella i sortien a la llum defectes que per mi fins aquell moment havien estat insignificants.

El punt clau era que la Mireia no compartia amb mi moltes de les inquietuds que jo tenia a dins. Jo volia continuar essent una mica garrepa, conèixer més món, fer més el burro, com abans.

No la culpava perquè també respectava la seva òptica de veure la vida, més tranquil·la i ordenada. Potser jo encara no estava preparat per a fer un pas més endavant en la meva maduració i volia agafar-me a la joventut com el millor dels tresors.

Per altra banda, també em feia ràbia que la meva parella li tingués tanta tírria a l'Anna. Jo ho tenia clar: pel fet de ser una noia, a la Mireia no li agradava gens que em portés tan bé amb ella. La veritat és que la meva parella mai s'havia trobat en la situació que jo compartís tantes coses amb una altra noia que no fos ella mateixa.

En realitat l'entenia, sempre havíem estat junts i amb l'edat que ja teníem (27 anys) i tot el que havíem passat junts, cap dels dos volia que res trenqués una relació que des el meu punt de vista era molt sòlida.

Estava fet un cacau la veritat... però sí que començava a veure que la irrupció de l'Anna a la meva vida havia fet canviar la meva perspectiva.

Quan ja feia una setmana del festival de música, vaig rebre una trucada. Per un moment vaig imaginar que sí, que seria la Mireia preguntant-me indignada com podia ser que no l'hagués contactat encara. Va ser el meu primer pensament. Però ves per on, i parlant del rei de Roma... era l'Anna. Amb una mica de recança, vaig despenjar.

El motiu de la trucada era saber com havia acabat tot plegat i si ja estava tot aclarit. Li vaig explicar la veritat (cosa que realment no tenia obligació de fer) i que estava dormint fora del pis de moment. Mentre parlava amb ella notava de forma molt clara que les intencions de l'Anna eren de pura amistat i en cap moment no olorava cap altra motivació que no fos això. Això sí, el meu cervell alhora em deia que alguna cosa no aniria bé si començava a compartir masses intimitats amb ella.

I va ser després d'allò, que em vaig disposar a anar cap a casa meva a veure la Mireia. Tenia els meus sentiments tan clars que vaig estar pensant que no era just que jo no m'ho pogués passar bé amb qualsevol persona, fos home o dona. M'anava convencent més que el problema real el tenia ella i era de gelosia.

Però no era il·lús, sabia perfectament que no li havia de plantejar la conversa d'aquesta manera, sinó demanant-li perdó i donant-li motius per continuar tirant endavant, deixant en anècdota el que havia ocorregut.

Quan vaig arribar davant la porta de casa meva, estava nerviós. Havia estat pensant el que li diria unes quaranta-dues vegades. Vaig ficar la clau al pany amb les mans atemorides, tenia por de la reacció de la meva parella.

Vaig obrir a poc a poc, perquè ella no s'espantés. A més, la porta era de les que feia força soroll al moure's i això també anava bé per avisar que entrava algú a casa.

Vaig treure el cap just després d'entrar i allà la vaig veure, estirada al sofà de casa llegint un llibre amb la ràdio encesa. Era un dels seus esports preferits, llegir amb el so d'un programa de música molt famós de fons. Una part de mi pensava que me la trobaria amb mala cara, però tot el contrari: estava esplèndida. El sol li tocava de costat i se li dibuixava una silueta perfecta.

Portava la roba de xandall que tant li agradava posar-se per estar dins de casa i se la veia molt còmoda.

Em van esclatar els ulls d'alegria al veure-la i el meu cos va reaccionar amb una felicitat com mai abans ho havia fet. A l'observar-la per primer cop després d'aquells dies vaig retrobar tot allò que potser tenia massa aparcat. L'estimava. I tant.

I, de sobte, absolutament tot el que havia pensat comunicar-li es va esvair i només li vaig saber dir:

- Perdona'm, si us plau.

Ella, en veure'm, va deixar el llibre que llegia a un costat i se'm va quedar mirant d'una manera que em va colpir fortament. Amb una sola mirada, vaig notar com ella em transmetia tota la ràbia que sentia perquè notava que jo no havia estat a l'alçada. Al mirar-la directament als ulls em vaig fondre. Ara sí, en aquell moment, em va saber molt greu tot allò. Vaig entendre que fins aquell instant, a mi m'havia estat igual tot. Em vaig enfonsar. I se'm van caure dues llàgrimes. I sense dir-me res, ella es va acostar i em va abraçar.

Va costar una mica, però no tant, que les coses tornessin a anar com sempre. Havia estat una tonteria, al final, una petita depressió que passa fins que torna el bon temps.

I es pot dir que sí, que va tornar un anticicló de llarga durada perquè un cop superat el tràngol, estàvem millor que mai. I sí, segurament perquè l'Anna havia desaparegut de les nostres vides durant aquelles setmanes. Van ser bons dies, grans dies.

En aquells temps, jo havia tornat a fer esport. Feia tres o quatre anys aproximadament que havia tingut oblidat l'exercici per falta de motivació i estava tornant a retrobar-ho.

Anava a córrer un cop a la setmana i a jugar a pàdel amb un company de la feina, recordant que quan era petit hi havia anat algun cop... amb l'Eric. Aquell noi ja estava molt oblidat per mi. Havia passat de ser el meu millor amic de sempre a ser un record molt borrós. Però continuava tenint la incògnita de com li estaria anant tot, on estaria vivint, si hauria aconseguit reconstruir la seva vida i ser feliç de nou...

Però bé, tornant al tema esportiu, a mi m'encantava una ruta que feia corrents que consistia en creuar la plaça principal del meu barri i passar pels dos parcs més macos de la ciutat.

Era un recorregut molt motivador per anar a córrer i el fet de descobrir-lo em va anar realment bé, ja que sinó era molt difícil trobar l'incentiu que em donés ganes de suar la cansalada pel mig de la metròpoli.

Quan sortia a córrer, el primer que feia era assegurar-me que tenia nets de la rentadora uns pantalons curts que m'anaven molt bé per desar-hi les claus de casa ja que em molestava que aquestes no quedessin ben subjectes i fessin soroll mentre jo corria. Després agafava qualsevol samarreta i una ràdio minúscula (que es podia subjectar a la samarreta per la part del braç) amb els corresponents auriculars que m'evadissin de tot el soroll ambiental.

Mentre corria amb la música altíssima, em creia realment un atleta d'elit mentre avançava pels carrers a una velocitat més aviat moderada.

I amb aquestes que, de sobte, de reüll, em va semblar veure per la plaça del barri a l'Anna. Vaig afluixar el ritme. Sí que ho era. Però el més sorprenent no va ser trobar-la després d'aquelles setmanes, sinó que va ser veure que no estava sola. Anava agafada de la mà d'un altre noi, del qual en desconeixia la seva identitat.

A primera vista, semblaven una parella d'aquelles més aviat recent, sobretot perquè se'ls hi notava felicitat en la forma carrinclona de passejar. Era normal que me la trobés, al final ella vivia al mateix barri que nosaltres i jo cada cop anava més sovint a fer esport per la zona.

Interiorment vaig estar content per ella perquè tenia pinta que havia trobat parella. Això sí, tot i veure-la, vaig decidir no saludar-la i continuar corrents com si res hagués passat. Ja havia pres la decisió que era millor no tornar a interactuar amb ella, com a mínim, de moment. No ho havíem parlat directament, però entre la Mireia i jo hi havia un pacte no escrit que recomanava que jo no tornés a contactar (com a mínim per iniciativa pròpia) amb l'Anna.

De fet, vam seguir quedant amb la Núria i l'Asbjörn les següents setmanes i ningú va pronunciar ni tan sols el seu nom. De sobte, l'amiga de la Núria ja no existia en cap conversa i per tant, tothom entenia que quedar "de parelletes" era el millor.

Interiorment pensava que era una pena perquè demostrava que jo no podia ni podria tenir amigues amb qui portar-me molt bé. La veritat, aquest pensament de vegades m'incomodava molt i preferia no pensar-hi. Només d'observar la realitat de tenir una parella que, en aquest sentit, em frenava part de la meva llibertat, em feia venir una sensació francament negativa.

Capítol 11

Reobrint ferides

Dins nostre existeix un arxiu infinit de records que anem emmagatzemant (sense saber-ho) i aquests, juntament amb els que sí que tenim presents, conformen la nostre manera de ser.

Aquestes memòries o fets que ens han marcat però que ja no recordem es guarden dins l'apartat de la nostra inconsciència, aquella part de nosaltres mateixos que no entenem.

Tota aquesta reflexió barata la realitzo perquè estic segur que algun cop us ha passat que un fet que ja havíeu pogut oblidar sincerament (i passar-ho "a la carpeta de l'inconscient"), de sobte, reapareix de la forma més desagradable.

Vet aquí aquest és el cas que narraré a continuació.

Era l'aniversari de la Mireia i li volia fer un bon regal. Un obsequi que realment el veiés i quedés impressionada. El que em passava amb els regals i la Mireia era que, per motius de la natura o del món, jo no entenia bé els seus gustos.

Quan veia una brusa que creia que li podria agradar, ella em deia que era la cosa més horrible del món, o quan pensava que unes arracades li podrien fer gràcia, deia que... també deia que era la cosa més horrorosa del planeta Terra.

En fi.. que sempre li acabava obsequiant "experiències" (un sopar en un lloc especial, un viatge emblemàtic, una ruta per alguna via rural, etc...) i no objectes físics, perquè sabia que jo personalment no comprenia bé el seu estil estètic. Era una guerra perduda. Suposo (o espero) que li deu passar a algú més en aquesta vida que no sigui només jo.

Pensant en aquest concepte, vaig decidir que això ho volia solucionar d'arrel. Li volia donar alguna cosa material i que, a més, ho veiés i digués: "oh que maco, m'encanta". Sí, la meva ment tenia aquella fixació en aquells temps.

Com vaig pensar que podia aconseguir aquest objectiu? Amb l'ajuda d'alguna amiga seva que tingués aquest instint (o vaja, aquesta habilitat) de saber què li agradaria segur a la Mireia. I qui millor que la Núria, una de les seves amigues de la infància.

Vaig trucar-la amb la il·lusió d'un infant quan ha descobert la resposta a un problema recorrent, quasi sense pensar.

- Hola Núria!

- Bones! Què dius de bo, Jofre?

- M'agradaria que m'ajudessis a comprar un regal a la Mireia pels seus 28 anys! – vaig dir-li tot entusiasmat.

- Ah, perfecte, i què exactament?

Aquella pregunta era lògica, coherent... i jo com un estaquirot li vaig contestar:

- Ai, no ho sé clar... mmm alguna cosa de roba? O algun complement? Ai, encara no ho havia pensat. – vaig acabar amb un somriure mig falsejat que encara feia realçar més la meva ingenuïtat.

- Home, si no ho saps tu... bé, deixa'm pensar-ho si vols i quedem per anar-ho a comprar junts! – va dir ella gentilment, intentant ocultar la meva estupidesa per no haver sabut ni proposar un tipus de regal concret.

Al cap d'unes hores em va escriure un missatge per dir-me que ja tenia clar què li podria atraure especialment. Vam quedar per al cap de dos dies a un dels centres comercials més cèntrics de la ciutat.

Ens vam saludar efusivament perquè ja feia unes quantes setmanes que no ens vèiem, la veritat és que fins aquell moment podia dir que s'estava convertint en una de les meves millors amigues.

El fet és que la Núria tenia molt clar què comprar-li: una samarreta, que no era ben bé una samarreta perquè era grossa, però no grossa en el sentit que anés gran, sinó bàsicament és que tenia les mànigues amples perquè quedés com més 'fashion', però... buff bé, que ella tenia claríssim el que volia (jo no, com veieu, perquè no sé ni explicar-ho).

Com que havíem quedat just després de dinar, vam aprofitar per fer un te abans d'anar a buscar el regal. Ella em va estar explicant els avanços científics que estava havent-hi en el món del cos humà: tractament de cromosomes, clonació d'identitats, reparació de càncers amb tractaments biogenètics... bé, per mi era com intentar entendre l'alemany en cinc minuts: una tasca impossible.

Les seves paraules sonaven a futur, a ciència ficció, però si alguna cosa veia que ella em volia transmetre era que no, que absolutament res del que m'estava dient era cap utopia sinó que ja era una realitat i dubtava que la societat n'estigués preparada.

- Què pensaries si un dia et digués que si guardo l'ADN de la teva mare, la podria fer néixer un altre cop? No et fliparia veure en directe com era físicament la teva mare a la infància? – deia la Núria totalment excitada.

- Però què dius! Quines paranoies... – comentava jo, incrèdul.

- Paranoies? Jofre... al·lucinaries de les coses que estan passant en ciència actualment i ni te n'adones. Allà al centre biotecnològic de Tokio s'estan fent unes coses... estem jugant a ser Déus... i jo mateixa m'impressiono... perquè ho estem quasi aconseguint! Fliparies tant Jofre, tant, de les coses que ja s'estan fent avui dia! – cridava ella, mirant-me amb uns ulls oberts de pam a pam.

Jo l'observava atònit, però per altra banda tenia certa enveja en l'energia que desprenien les seves paraules, perquè deixaven entreveure una vocació, una gran passió pel que feia.

- Va! Anem cap a la botiga que al final se'ns farà massa tard – vaig dir, volent tallar aquella conversa perquè m'estava començant a avorrir.

Quan la Núria em va dir quin era exactament l'establiment on hi havia la peça de roba que creia que li agradaria a la Mireia, ja vaig fer cara de gos: estava recordant perquè odiava anar de compres.

La botiga era una màquina perfecta de provocar impactes massius a l'ésser humà: flaixos de llum que venien de tot arreu en forma de leds, neons i làsers, preus posats amb lletra gegant que anaven acompanyats de descomptes amb la lletra encara més gran, música amb el volum més alt que una discoteca a les 5 del matí i una quantitat de treballadors esperant la nostra entrada que realment et feia qüestionar l'estabilitat d'aquell negoci.

Possiblement aquell comerç, si no tingués colors alegres i gent somrient a dins, es podria tractar ben bé d'un centre de tortures. I allà estava jo, a punt d'entrar-hi (gràcies a Déu, acompanyat).

Vaig tenir sort que la meva amiga tenia claríssim quin producte era el que buscàvem i vam anar de cara a barraca, esquivant tots els venedors del local que ens donaven el bon dia com si fóssim família. Vam arribar fins a la zona de roba en qüestió i la Núria va buscar durant escassament un minut fins que vaig veure que ho havia trobat: bingo.

"Fàcil i ràpid" vaig pensar jo, però... faltava un últim pas abans d'anar a pagar. La Núria es va girar i la vaig veure dubitativa.

- No és això el que penses que li pot agradar a la Mireia? – vaig cridar, ja que el volum de la música de la tenda t'hi obligava.

- Sí... però és que ara dubto si serà de la seva talla. Vaig a agafar dues mides i m'emprovo les dues. La que em vagi bé a mi serà la que també li escaigui a ella perquè gastem la mateixa talla – va explicar-me.

- Cap problema! T'espero aquí.

Sincerament, pensava que tot havia anat sobre rodes i que el fet que s'hagués d'emprovar la samarreta no tenia cap cosa rellevant. I més, tractant-se de la part de dalt del cos que encara te la canvies més ràpid, pensava jo. Però mentre rumiava aquestes futileses, el temps anava passant i la Núria no sortia de l'emprovador.

Cada cop que una dependenta es parava per dir-me si em podia ajudar, el temps se m'anava fent més lent.. més llarg... no podia ser, ja portava deu minuts allà dins. Una samarreta, senyors... una simple samarreta! Podia ser tanta estona? El temps seguia passant.. fins que em vaig cansar i vaig anar a buscar-la. Era una botiga de roba per a noies i això m'intimidava, però ja havia vist algun noi que hi entrava amb la seva parella i vaig dir-me, què coi, som-hi.

A l'entrar a l'emprovador... vaig flipar bastant. Hi havia un passadís enorme amb aproximadament uns vint llocs amb la porta tancada. Començava a entendre perquè aquella botiga tenia tanta gent treballant-hi, allò era una màquina de fer diners.

Però després de la sorpresa, venia el més difícil. A quin lloc deuria estar la Núria? Vaig anar escoltant i passejant sigil·losament a prop de cadascuna les portes com si fos un 'ninja'. Hi havia noies que havien entrat dins els espais de dos en dos i per tant podia anar descartant a quins llocs no hi era. Però, òbviament, estúpid de mi, si hi havia més d'un lloc en silenci tampoc podria saber res, perquè analitzar silencis i saber quin era el de la Núria era una habilitat supra-humana que malauradament no tenia. I em feia vergonya anar preguntant cridant on era.

Però ves per on, i com si ho hagués estat intuint, vaig sentir la seva veu. I sí, estava sola... el que passa és que estava parlant per telèfon. Allà es va desvetllar el misteri de perquè tardava tant, en comptes de sortir ja canviada, estava fent petar la xerrada mentre jo esperava fora. Una mica de morro té aquesta xavala, vaig pensar. Com que a la zona d'emprovadors s'estava més tranquil que dins de la tenda, vaig decidir que m'esperava allà. Però clar, el que va provocar això és que sentia la conversa de la Núria:

- Bé.. però tu no pateixis perquè deuen haver reobert el cas per qualsevol xorrada. Sí, clar, segur que és una simple conversa que volen tenir amb tu perquè els hi expliquis un altre cop què vas fer exactament aquella nit. Però ja ho saps, no cal que tinguis cap por, amb la veritat per davant i ja està. – anava dient ella, com si intentés consolar algú.

Jo seguia escoltant, cada cop més interessat:

- Sí, sé que és una putada molt gran que t'ho facin reviure... però si la policia demana que vagis a tornar a declarar ho fas i prou... ja sé que han passat molt anys de lo de la Susanna però de vegades tenen noves proves que els obliga a re-investigar el cas... A la Joana? No, no li diguis res que encara es posarà més nerviosa. Escolta t'he de deixar perquè fa estona que el Jofre m'espera a fora. – va dir ella, intentant finalitzar aquella conversa.

Com? Estava escoltant el que creia que...? Era la Núria parlant amb... l'Eric? I semblava que comentaven que havien reobert el cas de la mort de la Susanna per algun motiu que desconeixien. I parlava també de la Joana? No deia que n'havia perdut el contacte?

El meu cap va passar d'estar atabalat d'aquell local a posar-se molt calent per tot allò que oïa. M'estava mig marejant, però ràpidament vaig sortir de la zona d'emprovadors perquè en cap cas volia que ella sabés que jo l'havia escoltat.

Efectivament, va ser qüestió de segons que la Núria sortís dels emprovadors (quasi darrera meu) i només em va dir:

- Disculpa el retard, Jofre! Ja està, és aquesta la talla, li quedarà genial!

Me la vaig quedar mirant de forma endiablada. Volia dir-li quatre coses ben dites. Desitjava fotre-li una bronca monumental. Em va entrar ràbia. Per què continuava tenint contacte amb l'Eric i no me n'havia dit res? Sabent que jo em vaig quedar amb les ganes de veure'l després de la mort de la Susanna, que vaig estar fotudíssim per no obtenir respostes... que era el meu millor amic, collons!

- Sí que has tardat, no? – li vaig endossar, amb el to més cínic que tenia.

- Sí, perdona, és que m'han trucat al telèfon de la feina i ja saps com va això: quan et truca el cap, millor agafar-li que sinó... – va dir mig rient, amb un somriure que, per si no fos prou, estava molt ben posat, no semblava una rialla falsa. Falsa. Era el que era ella. Dient mentides. Dient-me mentides.

Era inevitable. Se m'havien reobert totes les ferides. I havia obert els ulls. No es pot donar el passat per tancat si no es resolen els dubtes, si no es tenen totes les respostes.

Volia saber com és que l'Eric i la Núria seguien sent amics. Quin era el motiu pel qual l'Eric havia de tornar a declarar davant la policia? Per què ens amagava que encara tenia relació amb la Joana? I el que òbviament no em podia treure del cap: per què va morir la Susanna, l'Eric em va pegar i a sobre ell mai més va voler saber res de mi?

Tornar a l'inici era el que més temia. No. Ho havia superat. Merda. Creia que ho havia superat.

El fet que, en un segon, ressorgissin de les cendres personatges que estaven oblidats em van fer trontollar tots els fonaments sobre els que em recolzava. La Joana? L'Eric? Com podia ser possible tot allò?

Sense temps de pair-ho, vaig sortir d'aquella botiga infernal i posteriorment ens vam acomiadar amb la Núria, jo personalment de forma molt més seca. N'estic segur que ella ho va notar perquè em va preguntar si em passava alguna cosa.

Senzillament li vaig dir que tenia pressa i que li agraïa l'ajuda. Amb aquest final amb mal gust de boca, vaig anar cap a casa.

Si bé és cert que estava emprenyadíssim i ofuscat pel que havia passat, he de reconèixer que per altra banda, a la meva parella li va encantar la samarreta que la Núria li havia escollit. A més, com que estava encara rallat, vaig fer veure que havia escollit el regal jo sol per endur-me tots els mèrits.

Estava tan capficat amb les mentides de la Núria que durant els dies següents volia establir una estratègia per saber exactament perquè ella seguia en contacte amb l'Eric i la Joana i durant tot aquest temps no m'ho havia dit. La mort de la Susanna tornava als meus pensaments i ara sí que ja començava a pensar seriosament que hi havia moltes coses que no sabia sobre com va morir en realitat.

Buscaria respostes... però, ves per on, just el dia següent de saber que probablement tindria l'oportunitat de tornar a veure el meu amic en algun moment de la meva vida... em van trucar per dir-me que hi havia una persona ingressada a l'hospital. Algú que coneixia.

Capítol 12

Destí

Jo sóc d'aquells que pensen que la vida, la naturalesa humana en general, es mou per unes tendències, uns fils invisibles que et van conduint al llarg del temps cap a un cantó o cap un altre. Aquests petits filaments que ens subjecten com si fóssim marionetes, no són prou fortes, però, per decidir unilateralment el sentit del camí que nosaltres volem agafar, però sí que crec que ens condicionen la conducció.

Hi ha esdeveniments que d'alguna manera o altre (no saps perquè) acabaran passant. I és possible que dins el teu subconscient sigui un gran desig, però de forma desperta, no creguis que s'acabi esdevenint. De tot això, jo en dic destí. I us parlo del destí perquè si bé jo havia pensat que ja no tornaria a veure l'Anna mai més, això va tornar a succeir.

Havia passat només un dia, una sola jornada des que jo i la Núria haguéssim anat a comprar el regal de la Mireia i la sentís parlar per telèfon (per primer cop en molts anys) amb l'Eric, el meu ex-amic de la infància. No havia tingut temps de pair res ni de reflexionar com afrontar aquella situació.

Jo estava dinant al bar del costat on treballava i em va trucar la Núria. Per uns moments vaig pensar que seria per parlar de l'Eric, ja que potser ella havia arribat a la conclusió que l'havia enxampat al vestidor d'aquella botiga i que havia decidit dir-me la veritat. Vaig vacil·lar en el moment d'agafar el telèfon. Però vaig despenjar pensant que molt probablement seria per una bona notícia.

Però tot el contrari, el que em va transmetre em va deixar corprès.

- L'Anna està a l'hospital. Té múltiples cops al cos i dos contusions fortes a la cara. Sembla que s'ha caigut anant en bicicleta per la ciutat. T'ho comento per si voleu venir tu i la Mireia a visitar-la.

Com no podia ser d'una altra manera, em vaig coordinar amb la meva parella i el dia següent a la tarda vam anar a veure-la.

Per molt que l'Anna indirectament hagués estat un motiu d'allunyament entre jo i la Mireia, no ens va fer cap gràcia que s'hagués fet tant mal. A més, l'hospital ens queia al costat de casa (no teníem excusa que valgués).

Això sí, la meva parella no podia evitar projectar una certa incomoditat. Arrufava el nas inconscientment i tenia una mirada llunyana, com si el seu pensament estigués a una altra banda. A l'entrar a l'edifici, vaig preguntar a recepció on estava l'habitació de l'Anna i ella, em va agafar de l'espatlla i em va dir:

– Que jo ja ho sé, si t'ho he dit abans, la 347! És que no m'escoltes... – va deixar anar, tensa.

Amb aquest ambient tan "càlid" vam pujar cap on estava l'Anna. Vam trucar a la porta i molt de fons vam poder intuir una veueta que ens deia 'endavant'. Era ella, semblava que estava sola.

A l'observar el seu estat em vaig sorprendre moltíssim. I vaig notar que la meva parella també al·lucinava. L'amiga de la Núria duia un aspecte totalment lamentable: un blau sota l'ull, un tall just al costat esquerre de la seva barbeta, hematomes per tot el braç dret... feia molta pena veure-la, molta.

El primer que em va venir al cap i que em vaig dir internament va ser: "tot això caient en bicicleta?". S'hauria d'haver fotut un bon mastegot i tenir molta mala sort per rebotar i caure tan malament. Per això, el primer que li vaig preguntar va ser com s'havia fet tot allò.

- La veritat és que de vegades m'agrada fer descens per la muntanya i aquest cop em vaig accelerar massa i em vaig menjar literalment uns quants arbres abans de caure en un petit penya-segat – va dir amb un somriure trencat (intentant convertir allò en una anècdota divertida) però el seu rostre amagava alguna cosa desagradable.

– Òndia! Sembla que expliquis la caiguda d'un dibuix animat. – vaig exclamar. Realment el meu comentari volia expressar que no m'ho acabava de creure.

– Mmm... sí – va decidir contestar ella, secament.

A partir d'aquí vam estar fent-li companyia durant una mitja hora aproximadament. Vam xerrar de tot, d'actualitat, de la vida al nostre barri, etc...

L'Anna semblava molt apagada, com si li hagués passat un camió per sobre (no només físicament, sinó també moralment). Feia la sensació, a estones, que li haguessin tret l'ànima i l'empenta que ella sempre tenia. Semblava molt esgotada i d'alguna forma se la veia com... buida d'esperit.

Per altra banda, tota l'estona que vam estar allà vaig veure la Mireia molt reposada i tranquil·la, però amb una mirada de pena infinita cap a l'Anna, que sinceramen jo no m'esperava. Semblava que li dolgués extremadament que s'hagués fet tan mal.

Em va alegrar, en el fons, que tornés aquesta empatia i que s'allunyessin per fi tots aquells mal rotllos passats per, potser, posar el compte a zero i tornar a ser tots plegats ben amics.

Amb tot això, finalment ens vam acomiadar i li vam preguntar si vindria algú de la seva família o que si necessitava ajuda per part nostre que ho digués. Ella va fer cara de "de la meva família, no crec que vingui ningú" però en qualsevol cas no vam voler-li preguntar el perquè. Era la seva vida privada.

Al sortir de l'habitació, però, la Mireia seguia encara molt entristida. Òbviament no vaig tardar res en preguntar-li què li succeïa.

– Jofre, l'Anna no ha tingut un accident de bicicleta. És evident que algú l'ha pegat. – va afirmar, amb una contundència i una seguretat insòlites en ella.

Em va sorprendre enormement aquella reacció. Jo li vaig dir si n'estava segura i quasi que ni em va deixar acabar la pregunta, perquè ella ja era conscient que l'amiga de la Núria havia estat maltractada.

– Hem de denunciar-ho a la policia, no? – vaig dir, nerviós.

– Però què dius? Jo no m'hi ficaré pas. No puc estar al cent per cent segura de si ha estat maltractada... però és bastant evident per altra banda. No t'has fixat en la seva mirada? És una mentida lamentable el que s'ha inventat. Si de fet no crec ni que tingui bicicleta.

– Un segon... a mi la Núria m'havia dit que havia tingut un accident anant per la ciutat i l'Anna ens ha dit que era fent descens per la muntanya! Això sí que no em quadra. – vaig reflexionar en veu alta.

– Jofre, hem de resoldre què passa aquí. Parlaré amb la Núria perquè això ja no pinta gens bé. – va sentenciar la meva parella.

Dins meu, jo sabia que també tenia una conversa pendent amb la Núria, el que passa és que la Mireia no en sabia res.

De cop i volta, l'amiga Núria va passar a ser un element clau de confusió, misteriós.

Dues mentides en tant poc temps, una respecte l'Eric i l'altra respecte l'Anna. Què estava passant? Quina llàstima, pensava. Els amics costen de trobar i molt més de mantenir... en fi, era evident que ella ens devia moltes respostes.

Al matí següent, menjava el meu petit esmorzar reflexionant sobre perquè hi ha gent que tendeix a mentir tant. La falsedat és una eina que allunya la vida de la realitat d'una forma senzilla, massa fàcil. Les persones mentim per amagar coses, per no fer mal, també per fer mal, per salvar el cul, per quedar bé, per... en fi, desvirtuar l'existència mateixa segons la nostra voluntat.

I aquest element (la mentida), a la vegada, obre un univers infinit d'oportunitats que no tindríem si només existís veritat, realitat pura i dura, l'objectivitat més rígida. Segurament sense mentides la vida no seria vida, seria.... buf... quantes coses em passaven pel cap a primera hora del dia!

El meu cervell tenia corda perquè pensava en la Núria i la forma com ens estava ocultant les coses que sabia i no volia compartir amb nosaltres.

Però ves a saber per quin motiu astrofísic o espiritual, va sonar el meu telèfon mòbil i a la pantalla hi vaig visualitzar... sí, era ella.

- Hola Núria, què tal, com és que em truq...

- Jofre, hem de parlar. Hem d'ajudar l'Anna com sigui, no té a ningú en qui recolzar-se i necessita ajuda – em va tallar, ella, volent anar al gra de la qüestió sense embuts.

Per un moment vaig creure en la telepatia, però una vegada em vaig tornar a centrar en la conversa, vaig estar d'acord amb xerrar amb ella.

Ves per on, una de les incògnites ja la podíem desvetllar i me la va poder confirmar la Núria: efectivament a l'Anna l'havien maltractat.

La persona que li havia ocasionat les brutals lesions era suposadament un paio que no coneixíem, un noi que estava començant a sortir amb l'Anna. Segurament era el noi a qui jo havia vist amb l'Anna dies enrere mentre corria per la ciutat.

Malauradament, la Núria no tenia gaires més detalls, i vaig proposar-li que anéssim a veure l'Anna perquè ens donés més explicacions del que li havia passat. Finalment ella hi va accedir, tot i no estar gaire convençuda.

Així doncs, vam tornar a l'hospital, ja que a ella encara no li havien donat l'alta (s'hi havia de passar com a mínim dos dies més).

A l'obrir la porta de l'habitació, ja vaig poder divisar en els ulls de l'Anna que, primer, intuïa que la Núria m'havia explicat la situació i segon, que allò no li havia fet ni punyetera gràcia.

Posteriorment, amb cara molt amarga i cagant-se en perquè la Núria m'havia dit res, ens va donar una versió poc més llarga del que coneixíem, cap novetat.

Es veu que ella no estava disposada a denunciar-lo de cap de les maneres perquè no volia merders i perquè n'estava convençuda al màxim de que no el tornaria a veure mai més.

Com en tota agressió, a l'agredit és comprensible que l'envaeixi la por. Jo pensava que, com qualsevol observador que viu un fet d'aquest tipus, ella s'equivocava i que havia de denunciar els fets a la policia.

Ara bé, les seves paraules desprenien una seguretat tan absoluta en el convenciment que d'aquell home no en sabria res mai més, que vaig arribar a creure-m'ho.

Mentre sortia de l'habitació, impotent, pensava com un home pot pegar una dona. O més ben dit, com els humans podem pegar-nos entre nosaltres. De vegades sembla obvi que som senzillament un animal més vivint en aquest planeta... Com podem usar el nostre cos per ferir-ne un altre? Això, teòricament és un fet que li pertoca a la fauna del nostre planeta i pràcticament en la majoria de casos es tracta de supervivència.

Potser el homes que peguen a altres éssers humans demostren la seva força justament perquè es creuen tan petits i insignificants que creuen que necessiten pegar per sobreviure. Sobreviure per seguir creient que són millors, que poden ser superiors, per aconseguir allò que volen. Quin fàstic. I sobretot, quina pena.

I fer-ho contra un contrincant que saps que és inferior físicament encara és més indigest, perquè els maltractadors no només s'enganyen a sí mateixos creient que és necessari l'ús de la força per fer mal, sinó que es menteixen pensant que davant tenen un rival digne de ser enfrontat, quan coneixen a la perfecció quin serà el desenllaç final.

Segurament és de les coses que més ens allunyen de ser humans i més ens acosten a aquesta fauna sense coneixement. I probablement hauríem de tancar-los a tots tota la vida, com els animals salvatges que malauradament se'ls hi ha de privar la llibertat perquè la resta de gent pugui viure la seva vida en pau. Tenia molt clar que havíem d'apartar aquesta gent de la nostra societat.

Mentre vaig perdre el cap amb aquests pensaments, tenia la Núria mirant-me amb uns ulls vermellosos.

- Què fem? Alguna cosa hem de poder fer, oi, Jofre? – va preguntar ella, a punt de començar a plorar.

- Sí, com a mínim a mi em tindrà al seu costat el màxim de temps que pugui, Núria. No la penso abandonar. Ni de conya. – vaig afirmar amb una rotunditat sòlida i consistent.

Posteriorment vaig arribar a casa meva i en menys de mitja hora arribava la meva parella a casa. Li vaig relatar tot el que havia viscut aquell dia a la Mireia perquè en tingués tota la informació. Tenia molt present que res de secrets entre nosaltres, que s'havia acabat amagar ni dir mitges veritats, no calia.

Ella va escoltar amb atenció. Anava dient que sí amb el cap com si tingués un motlle al coll que anés rebotant. Vaig tenir la sensació que, a partir d'un cert moment, ella ja no feia gaire cas de les meves paraules.

- Que et passa alguna cosa, Mireia? M'estàs fent cas? – vaig dir-li, incrèdul.

- Ehem.. sí, sí, ja et vaig dir que alguna cosa passava, ara hem d'estar al seu costat i tant... – deia, d'una forma que semblava que li treia tota la importància a la història.

- Dona, però que l'Anna ho està passant molt malament. Que és molt fort que...

- Que sí, que sí, que està molt clar... però és que Jofre, és que de fet jo,...

- Què passa Mireia? Carai que sembla que estiguis anada de l'olla, a un altre planeta, lluny d'aquí, que no m'estàs fent gaire cas...

- Que estic embarassada! – va exclamar, ella, tallant-me de cop.

Quin silenci més sec es va fer. Però va ser curt. Havia de ser curt. Perquè jo veia que, en aquella situació, aquella pausa s'havia d'omplir ràpidament. Com fos.

- I, com és possible? Si tu i jo prenem precaucions, no? – vaig dir, de forma maldestre i desencertada. Suposo que teòricament primer m'hauria d'haver alegrat per la notícia i després qüestionar-ho.

- Doncs jo només tinc la teoria que devia ser el dia aquell que el condó es va mig treure i vam pensar que era impossible que hagués pogut anar més enllà la cosa. Perquè sinó tampoc m'ho explico.

- Vaja. – vaig dir, encara al·lucinant. Un altre cop fallant en la reacció. I ja anaven dues seguides.

- No és fort? És molt bèstia Jofre, això! Com ho veus? Et veus amb cor? O millor ho deixem per més endavant?

Si haguéssiu pogut veure la cara brillant que tenia la Mireia al fer-me aquesta pregunta, haguéssiu esbrinat sense dubtes que a ella li havia fet molta il·lusió el que havia ocorregut. Per ella era com una festa sorpresa, un fet que no t'esperes però que quan succeeix et fa immensament feliç.

Per mi no era una festa sorpresa. Bé, era una sorpresa. Però no una festa. Estava flipant i encara li donava voltes a com podia haver succeït allò. Però clar, la Mireia necessitava respostes immediates i espontàniament positives. Així doncs, li vaig dir:

- Et fa il·lusió a tu?

I ella em va observar com dient-me: no cal ni que t'ho digui amb paraules. De fet, no em va contestar. Esperava que jo digués alguna cosa més que aquella merda de pregunta.

- Doncs vinga, som-hi perquè no! – vaig intentar exclamar de la forma més efusiva que disposava en aquell moment.

Ens vam abraçar d'una forma exageradament desigual. Ella m'agafava com si no hi hagués un sol instant més a la Terra i jo l'aguantava perquè no caiguéssim els dos.

Acabava de decidir que seria pare i en aquell instant encara no sabia res del que implicava aquella paraula. Quanta poca estona implica prendre una decisió i quant temps pot durar l'impacte d'escollir una cosa o una altra.

De vegades la vida té punts d'inflexió brutals i especialment significants però la majoria de cops no t'avisa de quan passaran. I mai estàs preparat per saber quina és l'opció més correcta.

Mentre abraçava a la Mireia, en estat de xoc, en comptes de pensar en totes les coses que hauria de començar a aprendre i preparar pel meu nou futur com a pare, encara tenia al cap la conversa que s'havia quedat a mitges... havíem d'ajudar l'Anna.

Capítol 13

L'amistat

Tenia un mal sentiment a dins. Una cosa dins la pell que et fa sentir que no estàs bé, que no ets en un moment normal, emocionalment parlant. Estava agitat, com si m'hagués passat el dia dins d'una rentadora en marxa. Per una banda, havia decidit que tindria un nou ésser viu per sempre al meu costat amb la persona que més estimava, però per altra banda, un fet tan més corrent com és el tenir una amiga amb problemes, m'omplia més la ment que el primer.

Estava més ofuscat per donar un cop de mà a l'Anna que pel fet de ser pare. I això, com que la natura és llesta, em feia sentir estrany. Rar. Teòricament l'emoció i l'energia positiva havia de ser la predominant en mi però en canvi, jo només tenia pensaments de preocupació per a l'Anna.

No m'hi vaig voler fer sang, perquè ja se sap que, en calent, perdem la perspectiva del que és més o menys important. Per tant, senzillament vaig mirar endavant i no em vaig qüestionar més el motiu pel qual el meu cap pensava d'aquesta manera.

Després que haguessin passat un parell de dies des de la notícia de l'embaràs de la meva parella, vaig decidir a marxar cap a casa l'Anna a passar unes hores amb ella, per distreure-la. Ja li havien donat l'alta a l'hospital.

Al sortir per la porta vaig sentir la Mireia que em preguntava que, si passava per davant d'una farmàcia, li comprés uns productes de pre-part que li havia recomanat una companya de la feina. Li vaig posar en dubte si realment encara no s'estava precipitant en començar a comprar productes per a embarassades i això li va fer pujar la mosca al nas. Tant, que seguidament em va demanar a on anava.

Clar. No havia pensat en dir-li. I ho hauria hagut de fer, sent precisament el cas de l'Anna. Li vaig explicar que volia anar a casa seva a fer-li companyia ja que ella estava defallida i necessitava suport.

I sí, senyors, com no, la frase va ser:

- D'acord. Però m'ho podies haver comentat i no marxar així sense dir quasi res.

Pam. Ja la tenia. Sabia que cauria el comentari sec. En fi, era una cosa que estava més que disposat a assumir per ajudar la meva amiga. Posteriorment em vaig acomiadar i vaig plantar-me a casa l'Anna amb unes cerveses que havia comprat a uns queviures del costat.

- Què tal tia? Fem unes birretes? –li vaig preguntar, com si semblés allò un anunci de televisió típic de l'estiu.

- Jofre, us vaig dir que ja estic millor i que no necessito absolutament res. Ara un cop a casa, no requereixo de cap més atenció, de debò.

- Anna, que no vinc a fer-te companyia, vinc a fer unes cervesetes perquè vull que ens riem una estona, va! Que t'haig d'explicar una història rocambolesca que m'ha passat a la feina que al·lucinaràs!

Vaig avançar una passa cap endavant perquè a ella ja li fos impossible tancar-me la porta als morros... ens vam creuar les mirades i... bingo. Va fer el gest d'obrir una mica més l'entrada perquè accedís a dins.

A l'inici la situació va ser molt incòmoda. La veritat és que posar-se a beure alcohol potser no era la millor manera de transmetre-li un missatge de 'vinc a ajudar-te' però de ben segur que era una forma de destensar l'ambient. De fet, al principi ella em va dir que no volia beure res. I em vaig veure encetant una birra jo sol mentre ella es quedava assentada mirant l'horitzó.

Li vaig començar a explicar la meva anècdota a la feina, en la qual una companya meva havia enviat un correu electrònic criticant moltíssim el meu cap i de sobte, quan ja l'havia enviat, se n'havia adonat que justament el cap estava en còpia i havia vist tota la destrossada de dalt a baix que li havia propinat.

Era una anècdota bàsica, no ens enganyem, però alguna cosa havia d'aportar per iniciar la conversa. Ella no s'immutava gens mentre jo anava explicant la història i jo patia perquè no volia que es fes cap silenci.

De sobte, a l'acabar el meu relat, ella va aixecar tímidament la cara i em va dir:

- Però què li deia exactament al correu la teva companya de feina?

Anàvem bé. Havia aixecat un mínim interès amb la meva història de pa sucat amb oli. Vaig aprofitar l'avinentesa i li vaig etzibar:

- Si m'agafes una cervesa t'ho explico tot.

Era un xantatge força penós. Però va funcionar.

Aquell va ser l'inici d'un reguitzell d'anècdotes laborals. Jo sabia que ella no tenia cap ganes d'obrir boca, però també observava que li anava molt bé tenir la ment ocupada escoltant qualsevol cosa, per banal que fos.

En un moment determinat, li vaig deixar anar:

- Eh! Estic veient un intent de somriure aquí? És possible? – li deia amb tendresa, en veure que començava a desemboirar-se.

Se li veia a la cara que l'estava ajudant. Se li notava que estava còmode amb mi, que no tenia por de mostrar-se com estava.

Mentre la meva millor versió de gags i tonteries aflorava per la meva boca, en un moment determinat ella em va tallar per dir-me:

- Tu saps que ets un tio collonut? Que vals molt la pena? Et miro i flipo de la sort que tinc ara mateix de tenir-te al meu costat. És com si fos un tema del destí.

Jo potser havia estat massa pendent de recordar situacions divertides a la meva feina per animar-la, ja que no m'havia parat realment a observar-la detingudament des de feia una bona estona. Ho dic perquè quan vaig fixar bé la mirada cap a ella, vaig al·lucinar.

Feia temps que no notava una sensació tan immensa de gratitud al rostre d'una persona. L'Anna era feliç, molt feliç, que jo estigués allà. El seu rostre dibuixava una mescla entre un 'gràcies' i un 'quina sort que tinc de tenir un amic com tu'.

I sabeu què? Jo sentia exactament el mateix. Era com si la seva expressió cap a mi, rebotés com la llum a un mirall i me n'adonés de la immensa connexió que tenia amb l'Anna.

Hi ha moments a la vida que tenen aquesta energia. Segur que molts cops els heu notat però quasi mai els heu recordat amb el valor que mereixen. Quan tingueu un moment així (que jo calculo que n'hi ha uns deu o quinze a la vida com a molt), intenteu-los conservar com un tresor. És humanament poderosíssim. Malauradament solen costar de retenir a la memòria.

Amb aquella frase que m'havia regalat l'Anna, em vaig quedar callat i senzillament vaig proposar un brindis:

- Per les grans amistats, Anna.

- Per les immenses amistats, Jofre, que no s'acabin mai – em va dedicar ella, emocionada.

Amb allò, ens vam acabar les cerveses que havia portat i va ser el moment idoni de marxar.

'Quina gran tarda', vaig pensar, mentre sortia d'allà. I just després vaig caure en què no li havia comunicat en cap moment a l'Anna que seria pare! Imagineu-vos la poca importància que li estava donant durant aquells moments... De totes formes, era massa aviat per explicar-ho a ningú.

Independentment d'aquell detall, gràcies a aquella conversa podia notar com s'enfortia la meva amistat amb l'Anna. I el més maco de tot, tornava a sentir aquella sensació de tenir un amic, de notar de primera mà una amistat.

L'amistat és segurament de les coses més boniques d'aquest món. Els amics són aquells als qui no cal donar explicacions, als qui pots parlar de tot però també estar en silenci durant hores. Són aquells amb qui et discuteixes per tonteries o amb qui reflexiones de les coses més profundes. Una amistat és quelcom especial.

Perquè l'amor, per exemple, és un sentiment molt intents i poderós però requereix d'una reciprocitat per part de l'altre, perquè sinó fa molt mal i es converteix en quelcom més irracional. L'amistat és un tipus d'amor molt més racional, on no hi ha lligams establerts i no existeix un compromís gravat a foc. Ser amic d'algú significa voler compartir de forma altruista el teu temps sense pautes, però no es viu d'una forma tan intensa com l'amor i per tant, encara que sembli mentida, potser et fa ser més lliure que estar enamorat d'algú.

Vaig retornar a casa i allà m'esperava la Mireia, que ja estava a les xarxes investigant totes les meravelles i riscos que tenia el fet d'estar embarassada.

- Què tal? Has pogut comprar el que t'he demanat?

Glups. Se m'havia oblidat.

- No, és que a la farmàcia no tenia els productes aquests que m'has dit, els he encarregat i els tindran en un parell de dies.

Ups. Havia mentit a la Mireia. Feia molt temps que no ho feia. Tant com... des que vaig encobrir que l'Eric no estava enamorat de la (ja difunta) Susanna.

Allò em va fer pensar en un dels grans temes pendents que tenia unes ganes infinites d'afrontar. Havia de parlar l'abans possible amb la Núria de la seva relació amb l'Eric i la Joana. Quantes coses pendents a resoldre.

Capítol 14

La recerca de la veritat

L'accident de l'Anna i la notícia de l'embaràs de la Mireia havia tallat en sec la meva indignació amb la Núria i les seves falsedats. M'havia descentrat totalment. Tot i així, no vaig tardar gens a agafar el telèfon per contactar amb ella:

- Hola Núria. Sí, hem de quedar. Crec que m'has d'explicar certes coses que no m'encaixen. No, tranquil·la, és una tonteria, però m'agradaria prendre alguna cosa amb tu - li vaig dir, per no posar-la molt nerviosa.

Jo estava assegut amb una postura estranya (amb la que em sentia molt còmode, per cert) bevent el meu cafè amb llet al bar on havíem quedat. Estava una mica neguitós, perquè tenia qüestions dins meu que requerien resposta, però tampoc era una persona que estigués a gust amb el paper de 'poli dolent', en mode interrogatori.

Tenia dubtes sobre com abordar la situació, perquè sabia que la Núria s'espantaria i tampoc volia semblar massa agressiu.

- Benvinguda! – li vaig dir jo, com si arribés d'un viatge o algun trajecte llarg.

- Què tal guapo? Què passa que volies parlar amb mi tan urgentment? – va dir ella, una mica sorpresa per la situació.

Urgentment, no, dona! Ha sonat com que jo tenia pressa? Tampoc era això.. jeje... – seguit d'un somriure mig atontat.

- Res et volia dir que... volia parlar amb tu perquè... és que no ser com dir-te una cosa que ja ve de fa uns dies perquè et semblarà una bogeria però és que tinc preguntes a resoldre i no pot ser que.... vull dir que... escolta tu saps coses de l'Eric? Crec que saps coses i no m'has dit res aquest temps, oi?

- Però què dius Jofre. De què m'estàs parlant? – va dir la Núria, fent un teatre francament bo. Ni es notava que estava nerviosa, i això encara m'enfurismava més.

- Que no ho saps? No et sona que han reobert el cas de la mort de la Susanna? – vaig deixar-li anar.

- Mmm no. Que ha passat què? – va seguir ella, com si sentís per primer cop tot allò.

- Núria... que sé que has parlat amb l'Eric! – vaig exclamar.

- Com... però.. per què dius aquestes.. coses? – la seva veu ja començava a tremolar.

- Núria.. per favor... que et vaig sentir parlant amb ell quan t'estaves canviant a l'emprovador el dia que em vas acompanyar a comprar-li un regal per la Mireia. Per favor, però com em pots mentir d'aquesta manera? Em fa por i tot veure com em pots colar enganys d'aquesta forma! Vull explicacions i vull que me les donis ara! – vaig cridar, passant definitivament a l'acció.

Quina ràbia aquella passivitat de la Núria. Aquella subtilesa amagant la veritat tan asquerosament professional. Jo volia intentar tenir una conversa normal... però amb la seva actitud em va ser impossible que no se m'enterbolís el cervell.

- Val, val d'acord. Ho sento. Això per davant de tot. T'he estat ocultant informació, sí, perdona, però és que ho he fet perquè m'ho han demanat, disculpa'm. Bé... sí, Jofre, fa temps que he tornat a tenir contacte amb l'Eric però ell m'ha fet jurar mil cops que no t'ho digués. – va començar a confessar, ara ja sí visiblement nerviosa.

- Per què? On viu ara? Està bé? No em vol veure, a mi? No ho entenc. Si no li he fet res jo! No li vaig fer res! – vaig dir molt rallat.

- Espera, espera. Necessito explicar-t'ho tot seguit perquè no et posis com una fera massa ràpid. L'Eric, després de la mort de la Susanna, va estar fora del país i va caure en una depressió. Ell va contactar amb mi sis mesos després perquè necessitava recolzament i...

- A tu et va trucar per demanar-te suport? I jo que era el seu millor amic? Però això què és? I per tant, fot com 4 o 5 anys que parles amb ell i no me n'havies dit res? – vaig cridar directament.

- Baixa la veu que t'està escoltant tot el bar, Jofre, deixa'm seguir. Ell em va trucar perquè jo era l'única persona amb coneixements i contactes mèdics per tal de poder-lo orientar a sortir de la depressió en la que estava immers. Ens vam veure en una ocasió, li vaig recomanar un psicòleg i a partir d'aquí, només he parlat amb ell per telèfon uns cinc cops com a molt en els últims quatre anys.

El fet és que feia moltíssims mesos que no en sabia res però justament l'altre dia (el dia que em vas escoltar) em va tornar a trucar perquè havien reobert el cas i no volia tornar a reviure tot allò.

- Molt bé, d'acord. Però ell t'ha explicat què va passar finalment amb la mort de la Susanna? Perquè no sé si recordes que a mi, aquella mateixa nit, l'Eric em va fotre una pallissa i a dia d'avui encara no sé perquè. – vaig comentar, cada cop més calmat, al veure que començava a obtenir respostes.

- Sí, em va explicar el que tu i tothom sap. Que la Susanna es va suïcidar. Però el fet és que ell la va veure morir i això el va deixar molt tocat.

- Ell la va veure morir? Ho sabia! I per què es va suïcidar? – vaig preguntar ràpidament.

- Perquè... ell li va dir a la Susanna que volia deixar-la, que no l'estimava. – va deixar anar la Núria, mirant al terra.

- Hòstia. I... un moment... la Susanna es va suïcidar senzillament perquè l'Eric li va dir que l'abandonava?

- Sí.. així és, Jofre. Deixant de banda que la Susanna s'estimava molt l'Eric, ja saps que en aquella època ells com a parella començaven a fer-se famosos, a sortir a tota la premsa, tenien centenars de milers de seguidors a les xarxes socials... i creia que allò enfonsaria la seva imatge pública i que rebria moltes crítiques. Ho va encaixar fatal. Vaja, de la pitjor manera possible. – va acabar afegint, mentre seguia amb la mirada clavada al sòl.

Buf. Gerro d'aigua freda. I d'aquella aigua tan absolutament gèlida que et desperta de cop. Que t'espavila. Que t'obre els ulls. Com jugar (ara ja sí) amb les cartes totalment girades.

És per això que l'Eric em va pegar com si no hi hagués demà. Perquè finalment, em va fer cas. I li va dir a la Susanna que ell no la desitjava. Però ho va fer massa tard, i segurament massa malament.

Suïcidar-se per una cosa així, per això? Quina tela, oi? Tampoc ho podia entendre gaire bé, la veritat. És que estem parlant de la vida. La vida és el màxim que et pots treure. Però potser per a la Susanna la seva imatge pública ho era tot. O potser es creia un futur tan bonic amb l'Eric que va preferir no conèixer un altre futur alternatiu sense ell. Quina tristor. I quina remoguda de sentiments que creia llunyíssims, quasi perduts per sempre. L'amargor d'aquell temps havia retornat.

Potser no hauria d'haver volgut investigar tant. Ara sabia, que, en part, jo tenia la culpa de la mort de la Susanna. I... és que era veritat, merda. I llavors vaig tenir la necessitat de vocalitzar-ho, de treure-ho de dins.

- És per això que l'Eric no ha volgut parlar mai amb mi? Em dóna la culpa encara de la mort de la Susanna? Em sap greu. Em sap molt greu. Merda... i tu Núria, em dones la culpa de la mort de la teva amiga també? Perquè t'ho juro que no ho vaig fer volent, et prometo que... – i en aquell moment vaig arrencar a plorar desconsolat.

- Tranquil, Jofre, ni de conya pensis això. Ja ho sé tot, i l'Eric no et culpa de res però no vol remoure més el passat. Vine aquí, maco. Plora, plora tot el que vulguis. – em deia ella de forma afectuosa.

Vaig estar una bona estona somicant entre els braços de la Núria. Ben bé un quart d'hora de silenci on només es sentien els meus singlots i el meu plor. Ho estava traient tot. Anys de dubtes sense resoldre estaven sortint disparats sense filtre, i em feia mal el pit i tot de tanta pena.

- Però llavors ell no em vol veure mai més, ja? Tu saps on viu, m'ho podries dir, oi? – vaig dir, alçant els meus ulls cap a ella.

- Jofre, ho sento però és impossible no t'ho puc dir. Ell em va demanar que no volia tornar a contactar amb tu, però tranquil, no per rancor, sinó perquè va voler trencar amb tot el seu passat, creu-me.

- Doncs jo vull poder parlar amb ell, Núria. Crec que ho necessito. – vaig dir amb to seriós.

- Bé, en tot cas li demanaré permís a ell, Jofre. Jo no puc fer-ho. Ho sento. Seria massa fort que jo el traís d'aquesta manera. – deia amb el cor encongit.

- Trair, quina paraula tan lletja. Com si li fessis una molt mala jugada. Tampoc n'hi ha per tant, no? Que jo era el seu millor amic, collons. – vaig dir, molest.

- Ho sento, perdona, no et volia ofendre. Però no. Pel seu bé i també pel teu és important que tot segueixi igual.

- Tu pregunta-li, si us plau. Per favor Núria, per favor...

- Sí, sí, d'acord... quan sàpiga que t'has assabentat em matarà, merda... – deia amb veu quasi de pànic.

- Tranquil·la que segur que ho entén, ja veuràs. I per cert, saps per què han reobert el cas?

- La veritat és que no tinc molts detalls, però es veu que algú anònimament ha demanat que es reobri el cas perquè creu que té indicis que l'Eric té alguna cosa a veure amb la mort de la Susanna.

- Ostres, que fort. Doncs llavors podria ser que no s'hagués suïcidat i que hagués estat ell qui...

- No, no. Ell m'ho va explicar tot. És el que t'he dit abans, ell li va dir a la Susanna que la volia deixar i llavors ella es va suïcidar davant seu. El que passa és que l'Eric va mentir a la policia perquè va dir que ja se l'havia trobat morta, però en realitat se li va morir als seus braços. Es va tallar les venes davant d'ell. I ell va mentir a la policia perquè tenia por que li diguessin que perquè no va trucar a una ambulància ràpidament, però és que es va col·lapsar moltíssim, va quedar en estat de xoc. I segurament, amb aquest estat inhumà, va arribar a la conclusió que tu havies de pagar el preu d'aquella situació. Per això, acte seguit, va anar cap a casa teva, en comptes de trucar a urgències sanitàries.

Carai. La Núria tenia tota la veritat i la guardava ben callada. Anava passejant-se amb aquesta llosa i no semblava que li importés gens amagar-ho. Això també diu força de la gent. I, en realitat, no m'agradava gens.

- Núria, com has pogut estar tot aquest temps amagant-me això. No creus que em deus una disculpa? – li vaig etzibar.

- Home Jofre, això és un secret que mai hauries d'haver descobert perquè és un pacte ferm que jo havia fet amb l'Eric. Ara que ja ho saps, ja pots estar més tranquil, però t'asseguro que serà difícil que l'Eric et vulgui veure, quasi impossible.

- I pel que fa a la Joana, què me'n dius, tia? Vaig sentir que, per si no n'hi havia prou, saps com localitzar-la i també ens ho has amagat – vaig seguir amb un to que ja podríem qualificar d'agressiu.

- La Joana sap la veritat, Jofre. I no podia deixar que contactéssiu amb ella perquè la Joana sempre ha estat partidària de dir-vos-ho tot. A més, el que sí és cert és que viu a l'estranger, contretament a un poble a prop de Praga. Realment ja no m'hi parlo tampoc, però també coneixia tots els detalls de la història i l'Eric també li va demanar màxima discreció. Em sap greu, era un risc que no em podia permetre. – va narrar ella, ja visiblement estressada.

- Un risc que no et podies permetre? Fer pensar a la Mireia que mai més tornaria a veure una de les seves millors amigues de la infància és el que tu anomenes un 'risc'? Ara mateix estic rallat amb tu, Núria, la veritat. Necessito pair això. Si us plau, mira de contactar amb l'Eric i li dius que el vull veure. I, per altra banda, vull estar un temps sense quedar amb tu i l'Asbjörn. La teva parella ho sap tot això, també?

- Sí, es clar. És la meva parella, Jofre...

- Ja està, no vull saber res més. És molt fort. Molt. Me'n vaig. Fes això que t'he demanat, si us plau. Anem parlant. Adéu. – vaig dir, tallant-li la frase.

Ja n'havia tingut prou. En el fons, abans d'iniciar la conversa amb la Núria ja intuïa que no en sortiria res de bo, perquè sabia que partia d'un gran secret cap a mi. I sota un secret sempre s'amagava una veritat que sol ser incòmode, que no és agradable. Però allò... no hagués pensat mai que seria tan dur.

Sortia del bar amb el cor encongit, amb la ment espessa. Tocava reflexionar i deixar reposar tot allò. Perquè de tot el que havia escoltat aquella tarda, especialment una cosa em feia molt mal: el meu millor amic de sempre no volia tornar-me a veure mai més.

Capítol 15

Eric? (part 2)

Quan li vaig explicar tot a la Mireia, va al·lucinar també. D'entrada vaig pensar alleugerit que com a mínim ella tampoc sabia res de tot allò, perquè sinó el meu cabreig ja hagués estat monumental.

En un segona fase, vaig poder veure com ella també pensava que el que havia fet la Núria era molt bèstia, amagant-nos allò d'aquesta manera.

Cal recordar que jo i la Mireia vam tenir una crisi molt forta després de la mort de la Susanna, ja que ella creia que l'Eric l'havia matat i jo el defensava a ultrança. Si la Núria ens hagués explicat la veritat, haguéssim pogut resoldre-ho tot abans i passar pàgina d'una forma més sòlida.

Em va copsar l'enfurismada que portava a sobre la Mireia. Observava com ella també havia patit moltíssim aquest tema. I a sobre l'havia enganyat amb el fet que no sabia on estava la Joana. Ella l'enyorava molt i això és una de les coses que més la va fotre.

És que, per si fos poc, estàvem parlant de la defunció d'una de les seves millors amigues. I que una amiga no li expliqui a una altra un fet tan rellevant com això, és una animalada. Seguíem, doncs, flipant amb la capacitat d'amagar veritats de la Núria.

I tal va ser així, que la Mireia va enviar-li un missatge a la seva amiga on li deia que no tornaria a dirigir-li la paraula mai més i que s'havia acabat la seva amistat. Va ser molt més contundent del que jo havia estat.

- No vols dir que has reaccionat massa en calent, Mireia?

- Això que ens ha amagat la Núria és molt gros, Jofre. La seva mort ens va marcar traumàticament, però més encara el no tenir clar perquè l'Eric no va a tornar a aparèixer. Són coses que una amiga ha de dir, per molt que no li donin permís per fer-ho. I a més falsejant que havia perdut el contacte de la Joana, quina barra. Quan hi penso... és horrible.

Tenia raó. És cert que la nostra relació no podia seguir. I en aquell moment, mentre pensava en amistats, li vaig dir:

- I l'Anna? Tu creus que l'Anna pot saber alguna cosa d'això?

- L'Anna.. ella què hi pinta en tot això, Jofre? Hòstia Jofre, no fotis. – va exclamar la Mireia, incrèdula. Era sentir el seu nom i ja s'enfilava per les parets.

- No sé, al ser amiga de la Núria...

- Si home, clar. Ara resulta que això ho sabrà fins i tot el veí del davant menys nosaltres. A ella ni li va, ni li ve tota aquesta merda. Segur que no en té ni idea. Si ens ho ha amagat a nosaltres, suposo que a ella també.

- I si la truquem i li preguntem...

- Calla va, no! A aquesta tia ja vam dir que no calia molestar-la més i ara no ens ficarem en un merder més gros del que ja hi ha. – va dir la Mireia, endevinant la meva intenció.

- Saps, però, el què em fa més por, Jofre? Que no sigui veritat el que t'ha dit la Núria sobre la història de la mort de la Susanna – va afegir ella.

- Què vols dir amb això, carinyo?

- Pensa una mica... perquè tothom sap la història de la seva mort menys tu i jo? Quin sentit té? Tindria lògica que només ho sabés la Núria perquè l'Eric necessités confessar-ho a algú... però, per exemple, perquè ho sap la Joana, també? Quina necessitat hi havia d'amagar-nos tot això a només nosaltres dos? I evitar que l'Eric i la Joana poguessin contactar amb nosaltres? No veus que aquí hi ha alguna cosa que no quadra?

Buf. La veritat, encara no havia arribat a aquesta conclusió. I la Mireia va seguir:

- I si... i si... en la mort de la Susanna hi ha més complexitat de la que ens pensem? I si... tots ells hi tenen algun paper? – va deixar anar, com una bomba.

- Què vols dir amb això, Mireia? Que potser van planificar tots la seva mort?

- No ho sé, però imagina't que hi hagués un component que tinguin en comú en la mort de la Susanna i que tots ho haguessin d'amagar. És que, jo que sé... per què, sinó, ha reobert el cas la policia, Jofre? És que és evident que alguna cosa no quadra! – va dir-me, mentre anava elevant el to de veu.

- Ostres això que dius és molt greu. Però justament per això l'important és contactar amb l'Eric, Mireia. Jo no em crec que la Susanna fos assassinada, no pot ser, em semblaria massa bèstia.

- I la Joana, Jofre? La Joana estava enamorada de l'Eric i potser se li'n va anar l'olla i va voler fer desaparèixer la seva dona... Potser la Núria i l'Eric estan encobrint tot això...

- Potser per això l'Eric duia carmí als llavis... – em va sortir expressar espontàniament.

- Com? Que l'Eric duia els llavis pintats? Això no m'ho havies dit mai, Jofre! – va xisclar la meva parella.

Cagada. Aquest era un detall al qual jo sempre havia volgut treure importància (bàsicament perquè no tenia sentit) i que mai havia explicat a ningú. En veure aquella voràgine d'especulacions vaig decidir tallar-ho d'arrel.

- Prou! M'estàs posant paranoies al cap Mireia! No n'estic segur tampoc si el que vaig veure era exactament això, ho semblava. Tot això em sembla massa fosc! I ja saps com se soluciona, trobant a l'Eric i confirmant o desmentint la versió de la Núria. Me'n vaig a donar un vol, carinyo, necessito aire, ho sento.

Sortia de casa obrint la boca fortament per absorbir el màxim d'oxigen possible... interiorment li estava donant-li voltes al coco. Segur que a través de la Núria, jo no podria contactar amb l'Eric, però si pel que fos, l'Anna també conegués alguna cosa... potser fins i tot sabia on vivia l'Eric, ves a saber.

Ara que hi tenia tanta confiança, creia fàcil poder-la trucar i preguntar. Allò que diuen: "per preguntar, no es perd res." Però no seria ara, que a més l'Anna encara estava convalescent de la pallissa que havia rebut i no volia escalfar els ànims més del que tocava.

Mentre caminava sense rumb vaig decidir que m'imposava una setmana de treva, de no fer res, abans de fer-li un truc. Volia saber si realment la Núria em diria alguna cosa abans. Ara bé, després del moc de la Mireia, les probabilitats eren mínimes.

Quan vaig estar més tranquil, vaig decidir tornar cap a casa i quan vaig tornar a entrar, vaig abraçar la Mireia amb totes les meves forces i li vaig dir a cau d'orella:

- Coneixerem la veritat, t'ho juro.

Els següents dies vaig tenir un neguit a sobre que intentava alliberar a través de l'esport. Corria i corria pensant com s'havia esdevingut tot, reflexionant mil coses perquè estava passant per un moment tremendament profund: seria pare d'una criatura amb la Mireia, tenia pendent una conversa amb el meu antic millor amic i no em podia treure del cap la meva amiga Anna.

Estava camí de formar la meva pròpia família i alhora reobrint temes dolorosos del passat. No em direu que no era un moment crucial de la meva existència. I per això em costava dormir. I força.

I llavors va ser quan vaig rebre notícies de la Núria. En aquest cas, em va deixar un missatge de veu:

"Hola Jofre. L'Eric, com ja pensava, no vol parlar amb tu. Està, a més, centrat en la defensa per la reobertura del cas de la mort de la Susanna, ja que la policia ha flipat de que no els hi digués tota la veritat... i vaja, han al·lucinat en general. No serà ràpid que es torni a donar el cas per tancat. Em sap greu. I, suposo que, com va dir la teva parella, ja no ens tornarem a veure. Espero que et vagin bé les coses de cara al futur. Adéu."

No em vaig enfurismar gaire, ja m'esperava aquesta resposta. El que em va donar sospites estranyes és perquè el cas no es tancava ràpidament. Bé, sí que ho podia entendre... si dius que no havies vist com moria la teva parella i anys després reconeixes que sí... doncs tens un bon problema.

Per mi mateix, vaig pensar 'doncs que es foti l'Eric, per no anar de cara'. I si no em volia tornar a veure, encara més. A la merda tot. Era millor aquesta opció que voler remoure més el passat.

Tenia per endavant un munt de reptes, començant pel de ser pare, que ja em tindria prou enfeinat. I en aquests primers dies d'embaràs no li havia fet gaire cas a la Mireia, pobreta, i realment no era just.

Em vaig posar les piles i vaig començar a mirar tot allò que necessitaríem en pocs mesos: habitació amb bressol, un cotxe més gran, la cadireta del cotxe, el cotxet, bolquers, roba de nen de totes mides, etc... Era una màquina de trobar ofertes per internet i m'estava posant a to amb tots els detalls que requeriria aquest nou infant. M'estava començant a il·lusionar l'arribada de la nostra criatura.

A mida que passaven els dies, m'agradava més la idea d'iniciar aquest nou trajecte. Hi començava a veure els avantatges i hi treia importància als inconvenients. Segurament a partir d'aquell moment la família, la que jo començava a gestar, passaria per davant dels amics i això em feia una mica de por. Però clar, pensant-ho bé, havia vist que realment d'amistats reals ja no en tenia pràcticament cap.

I allà va ser quan vaig veure clar que com a mínim alguna cosa li havia de dir a l'Anna. Perquè des del trencament de relació amb la Núria no havíem creuat ni un trist missatge de text i tampoc ho trobava just. I què coi, la trobava a faltar una mica.

Vaig provar d'enviar-li pel xat un 'Ei, què tal' per veure com respirava. Vaig esperar 24 hores i res, cap resposta. Llavors vaig optar per deixar-li un missatge de veu:

- Ei Anna, com vas? Et vas refent del dolors? Segur que sí perquè ets una noia molt forta. Volia dir-te que pel fet que haguem tingut aquest enfrontament amb la Núria, no vol dir que tu i jo no puguem seguir sent amics, oi? Vull dir que si tens problemes o no estàs bé doncs podem quedar... o vaja, que si estàs bé també podem quedar. Res, que a mi m'agradaria que ens seguíssim veient. Ciao.

No tenia gens clar si respondria al meu missatge, que per cert, no deia gaire cosa i l'havia expressat una mica massa sense pensar. Però sí, va contestar amb un altre missatge de veu:

- Mira, Jofre, després del que vas xerrar amb la Núria.. no podem seguir veient-nos tampoc. No podria assumir la tensió de tot plegat i em sap greu, però no. Impossible. Que et vagi tot bé, amic. Una abraçada.

Em va fer pena. I em vaig desinflar molt. De vegades és una mica injust que si un amic et presenta a un altre amic i després perds la relació amb el primer, se suposa que també perds tots els altres amics que aquella persona t'ha presentat. No té sentit, en realitat. Els vincles entre persones es van desenvolupant un a un, i, perquè no, pot passar alguns cops que acabis tenint pitjor relació amb els teus amics que amb els amics dels teus amics.

Després vaig reflexionar que aquella noia alguna cosa tenia, que em donava la necessitat d'estar enganxat a ella. I aquí va venir la indignació i la negació. Que no, que no em sortia dels ous deixar de veure-la. Volia una última explicació cara a cara i llavors podria assumir que jo i la Mireia definitivament començaríem a fer la nostra.

Per tot això, vaig decidir anar directament a l'entrada de la seva feina, que per casualitat no era molt lluny de l'empresa de cotxes elèctrics on jo treballava. Em vaig esperar allà des de ben d'hora al matí, perquè em volia assegurar que la veia.

Vaig estar esperant una bona estona. Tant temps, que començava a pensar que jo faria massa tard per arribar a la meva pròpia feina. I just quan ja estava decidit a marxar, va aparèixer.

- Bones, Anna! És que he pensat que com que les nostres feines estan tan a prop, doncs volia xerrar amb tu perquè...

- Per favor, Jofre. Què fas aquí? Estàs boig? – va dir, fora de sí.

- Bueno és que sé que creus que no podem ser amics perquè la Núria i jo ens vam discutir però en realitat, és una tonteria, oi, perquè podríem perfectament...

- Aviam, Jofre, t'ho vaig dir, no pot ser i prou. No és no. I punt. I que no ens hem de veure mai més, d'acord? Ara entraré a la meva feina i si no em deixes cridaré a seguretat. Per favor Jofre, ja està, oblida'ns a mi i a la Núria! De veritat. Deixa'ns en pau.

Quins mals modals va tenir, mare meva. Amenaçant de cridar a seguretat i tot? Realment estava fora de sí, ni que li hagués fet res dolent a ella. Doncs res tu, bon vent i barca nova.

Anava cap a la meva feina amb una cara d'atordit impressionant. No me la podia treure de sobre. L'Anna m'havia fet sentir com un assetjador o alguna cosa per l'estil. Quina mala persona. Transmetre aquestes males sensacions a algú que t'ha intentat ajudar tant. L'Anna, però també la Núria, havien estat molts injustes amb mi. No hi havia dubte.

A més, després, quan vaig arribar a casa, com que estava tan ofès, vaig ser tan burro d'explicar-li a la Mireia i es va cabrejar moltíssim.

- Què vam dir d'aquest tema? Que s'havia acabat Jofre, coi! Estic farta que intentis tenir una relació amb algú que saps que em molesta fortament. Deixa-ho córrer ja, cony! Jo també vull respostes però no em dóna la gana que vegis més aquesta noia! Sinó em perdràs a mi, t'aviso!

Tenia raó, vaja. Ja havia fet prou el pallasso. Que els donessin pel sac a tots: a la Núria, a la Joana, a l'Anna i també a l'Eric.

Capítol 16

El desencadenant de tot

Això d'esperar una criatura és un fet que a nivell emocional transforma moltes coses, però a nivell pràctic també en canvia moltes més. Vaig descobrir que no té res a veure anar a comprar un sofà amb la teva parella, que anar a comprar un cotxet per al bebè. Els debats solen ser molt més intensos perquè no és el mateix parlar sobre si t'agrada més el color beix o el blau fosc pel sofà que si el cotxet s'adapta o no bé a 'l'ergonomia del nadó'. Aquest segon cas sol ser objecte de molts minuts (podrien arribar a ser hores) de discussió.

Jo i la Mireia estàvem totalment immersos en la vida de pre-pares, i crec que ens en sortíem prou bé. Anàvem consensuant cada pas que donàvem, i la veritat és que formàvem un bon equip. Passaven les setmanes i anàvem perfilant els detalls de l'arribada del nen (sí, ja sabíem que seria un noi).

Un bon dia, mentre recollia la cuina després d'haver acabat de dinar, recordo que va venir cap a mi la Mireia amb un mig somriure que delatava que tenia en ment alguna idea provocadora.

- Què dius guapa? Em pots acostar l'olla, si us plau, que així ja aprofito per passar-li el fregall? – li vaig demanar.

- Sí, clar. Només faltaria, senyor Jofre. – va dir, abans d'un petit riure carrincló.

Posteriorment, va seguir:

- Escolta, ara que ja estic de sis mesos i que ja sabem que en breu serem família, he estat reflexionant sobre la nostre situació com a parella.

- No em sorprenguis, ara tu! – vaig dir, amb to irònic.

- De veritat, crec que després del munt d'anys que portem i que ara serem pares, potser el millor que podríem fer és legalitzar la nostra situació.

- Som il·legals? – li vaig comentar, seguint amb el to humorístic.

- No, Jofre, va! Pren-me seriosament. No creus que seria maco que ens caséssim? – va deixar anar ella, fent-me ullets.

- Mmmm.. casar-nos? Però quan, ara que estàs amb la panxa i tot? Home no ho sé, la veritat, no ho havia pensat, no sé...

- No, ara no, si home! Que jo vull poder gaudir del casament també, potser més endavant, d'aquí un o dos anys màxim. Què me'n dius, Jofre, et vols casar amb mi?

I sí. Va passar. Com ocórrer a les pel·lícules dolentes. En aquell moment, va sonar el meu telèfon mòbil. Per un moment vaig optar a no fer-li cas, però és que tenia un costum innat d'observar qui em trucava; no podia deixar sonar el mòbil sense saber qui volia contactar amb mi.

Vaig mirar de reüll. I vaig poder veure "Anna t'està trucant...". Justament en aquell fotut instant havia de trucar? Semblava cosa de bruixes.

- Mmm, un segon de res, carinyo, que m'estan trucant.

Amb dos ous. Agafar el mòbil en aquell moment era lleig, ben lleig. Però va ser una cosa d'acció-reacció, d'instint. La Mireia no havia vist qui em trucava, per tant me la vaig jugar.

- Si? Qui és? Aahh.. ostres, un segon. Amor, un moment que em truquen de la feina. És només un instant, ara et dic. – vaig mentir, també de forma salvatge, sense pensar-ho.

L'Anna va sentir com jo mentia a la Mireia, i des de l'altra banda del telèfon, va començar a parlar-me:

- D'acord, ja veig que no li has dit a la Mireia que sóc jo. He estat donant-li quatre-centes voltes i no podria... no podria seguir la meva vida endavant sense que sàpigues el que et mereixes saber. Pots venir ara a casa meva? – va comentar-me per telèfon, nerviosa, molt tensa.

- Mmm sí, però... és molt urgent? – vaig dir, com si estigués parlant amb un proveïdor.

- Si poguessis venir ara... és que són moltes coses, la Núria t'ha amagat coses i jo també. I he decidit que no et vull perdre com a amic. Ara ja no.

- D'acord, si necessites tanta pressa, ara vinc. – vaig dir, el més secament possible, perquè semblés professional.

Vaig penjar el telèfon. I estava incòmode de collons. De fet, una mica fins al capdamunt de tot. I alhora molt, molt encuriosit. Amb moltes ganes de saber tota la puta veritat de tot.

- Qui era, carinyo? Potser podies haver esperat a agafar el mòbil, no? – va preguntar, certament rallada, la Mireia.

- Sí, perdona. Escolta he de marxar, que hi hagut un accident a la fàbrica de cotxes elèctrics que pot fer anar en orris tot un nou model que estàvem provant. – vaig dir, el més innocentment que vaig poder.

- Ara? Un dissabte al matí? I encara no hem acabat la conversa i ja estàs pensant en l'empresa? Què me'n dius, de casar-nos, Jofre? M'has deixat amb la pregunta als llavis i sense resposta!

- Sí, perdona, ho sento ja saps la meva mania de mirar el mòbil sempre... ehem... clar, sí, ens podem casar d'aquí un temps però vaja, primer tinguem el fill tranquil·lament, mirem que tot vagi bé i quan ens trobem amb forces ho decidim.

- Ostres Jofre. No et fa gaire il·lusió, vaja. – va anunciar ella, de forma lapidària.

- No és això, Mireia. Però no m'ho havia plantejat, és veritat. No ho sé, carinyo, ho reflexiono, d'acord? Ara he de marxar a resoldre això i després torno cap aquí.

- Home, després de dir-te de casar-me amb tu, que em diguis que 'ho reflexiones' em sembla una merda de resposta de veritat. Carai em pensava que et podia fer gràcia a tu també, no sé...

- Mireia... Ho sento, ara marxo i després xerrem.

Ja no tenia més forces per escoltar-la. De fet, amb l'embaràs hi havia vegades que semblava que de vegades tingués més ganes de discutir que una altra cosa. I no podia amb això, no era una persona d'estar debatent i donant-li voltes a les coses amb mala cara. Ara tenia claríssim que volia anar a sentir a una altre persona: l'Anna.

Vaig agafar el metro perquè entre casa meva i la seva hi havia una connexió molt bona i amb el trànsit a aquella hora del dia era el més sensat. Cada cop que el vagó parava, mirava si ja era la parada que tocava. Neguitós, se'm feia etern aquell curt trajecte. El cor em bategava ràpid.

Sortia de la boca del metro desitjant no rebre una altra bufetada, un comentari indecent, una mala paraula. Estava cansat de tenir males experiències. Però vaja, veuríem què voldria explicar-me l'Anna.

I quan ja estava a cent metres d'arribar, la vaig veure, fora de casa seva, assentada a la vorera. Mirava cap al terra i s'estava mossegant les ungles.

- Ei, ja estic aquí. Digues-me el que m'hagis d'explicar, perquè he deixat a la meva parella amb una conversa pendent molt important que no voldria....

- D'acord. Mira Jofre, volia dir-te que durant aquest temps no has sabut una cosa que hauries d'haver sabut fa massa.

Ella seguia asseguda i mirant el terra, amb la qual cosa em costava entendre-la una mica, perquè a més no vocalitzava gaire.

- Jo volia dir-te que, primer de tot, m'has ajudat molt a la vida i que no puc permetre'm perdre't perquè ets massa important per mi.

Després de dir això va aixecar els ulls cap a mi, ja que jo seguia dret. Tenia els ulls plorosos i feia cara de molt trista.

- Per això, també t'he de reconèixer que aquestes setmanes t'he enyorat força perquè et necessito, ets una persona que m'entén com ningú i per això crec que necessites saber que...

- Tranquil·la, ei Anna, calma. – vaig aturar-la, jo.

Em vaig ajupir per poder estar a la seva alçada. Li vaig eixugar una mica els ulls amb els meus dits.

- Mira, Anna. Jo aquests dies també t'he trobat molt a faltar. I realment, si et sóc sincer estava molt fotut només de pensar que no et tornaria a veure. He intentat amagar el que sento, però... sí, merda jo també crec que sento el mateix que tu. És així.

Vaig agafar acuradament el seu mentó per acostar la seva cara a la meva. Estava preciosa. I no em vaig poder estar, el meu cos m'ho demanava. La vaig besar.

Van ser uns segons especials. El contacte físic amb ella. Donar resposta a uns sentiments que semblaven tancats en una gàbia. Va ser un petó curt, però intens. Ella es va quedar totalment immòbil. I vaig decidir apartar-me per veure si el que havia fet era una temeritat o no.

I la resposta va ser la següent. Bé, més que descriure-ho, us explicitaré el que em va dir l'Anna.

Em va fixar la mirada i va exclamar:

- Però... però què collons fots! Jofre, no fotis tio! Jo no volia dir que t'estimo, sempre ha estat amistat, sempre, Jofre! No, no, no! No m'ho compliquis més, això no! – va exclamar, com si estigués tenint un atac de pànic.

L'Anna va aixecar-se rapidíssim i se'n va anar corrents cap a casa seva. Va estar buscant les claus de forma nerviosa fins que finalment va aconseguir obrir la porta de casa seva.

Molt bé. Perfecte. D'aquells moment que penses: l'he clavat. Em vaig cagar en tot. Per una banda, no havia obtingut cap missatge del que em volia dir l'Anna, i per l'altre ficava la pota com un campió donant-li un petó en un moment de debilitat total.

Però és que això no va ser el pitjor. No, ni molt menys. Al cap de vint segons exactament que l'Anna tanqués la porta, vaig sentir un crit que venia de molt lluny però al mateix carrer. Algú que venia profanant insults dels grossos. Vaja, que venia orant merda cap a mi, més concretament.

- Fill de la gran puta, ho sabia, ho sabia. Ets un puto desgraciat. Què fots venint a casa l'Anna i a més et morreges amb ella al mig del carrer com si res, com si no tinguessis un dona embarassada del teu propi fill a casa teva, desgraciat! Com si no t'haguessin demanat matrimoni fa mitja hora! Ets merda, ets repugnant, fill de puta! Et mataré!

Era la Mireia, que m'havia seguit des del moment en què havia sortit de casa. Em coneixia massa bé i sabia que l'havia enganyat dient-li que anava cap a la feina. Havia estat darrere meu, sigil·losa. I havia presenciat tota la meva conversa de lluny. Òbviament no havia sentit res. Però no li havia calgut, només veure un petó ja li havia estat suficient.

Va agafar la seva bossa de mà i va començar a pegar-me amb ella.

- Malparit, ets un cabró! Com pots tenir tants pocs sentiments, eh?! És que no tens vergonya, et mereixes morir. I saps, què? Doncs que potser ara avorto perquè aquest fill no te'l mereixes! Em sents? No te'l mereixes! Encara que sigui a cops, no penso deixar que neixi!

Em va donar unes quantes garrotades, però va haver-hi una sobretot que em va fer molt mal que va caure per sobre de la cella. I em va fer caure cap enrere.

Mentre intentava dir-li que parés, es va escoltar un crit encara més fort dels que em dedicava la meva parella.

- Prou! Ja n'estic fins els ous! Prou d'aquest espectacle! Se us sent des de dins de casa meva, carai! Voleu saber tota la puta veritat? Entreu els dos aquí mateix! Ara!

En aquest cas tornava a ser l'Anna. Havia reobert la porta i era fora també molt emprenyada i indignada.

- I una merda entro aquí, puta! - li va etzibar la Mireia.

- No? De veritat no vols saber tot el que t'ha amagat la Núria? No només t'ha amagat el que tu creus. I no vols saber, de veritat, què va passar amb l'Eric? Jo al Jofre no l'estimo, Mireia, li acabo de dir a la cara. S'ha confós. Ell t'estima a tu. Si entreu a casa us ho puc narrar tot punt per punt.

- Ja me la sua, Anna. Me la sueu tots! - va seguir, sense deixar de pegar-me.

- Aviam, coi, que tinc l'Eric esperant aquí dins. Sí, aquí dins! Voleu perdre l'única oportunitat de veure'l o continuareu fotent el circ aquí fora al carrer? – va dir, com si es tractés d'un ultimàtum.

Ep. Que el meu estimable amic de la infància era dins de casa l'Anna? Se'm va contenir el cor per un moment. I apostava que a la Mireia també, perquè va parar en sec d'etzibar-me trompades. Ens vam quedar mirant ambdós, a fora, flipats.

- Entrareu d'un puta vegada a casa, o no? Si voleu veure l'Eric, la resposta és a casa meva. – va cridar l'Anna, segura d'ella mateixa, sabent que entraríem sí o sí.

Vam observar-nos jo i la Mireia per segona vegada consecutiva, realitzant una treva visual, traslladant-nos missatges amb la mirada, on ens dèiem que valia la pena parar. Que era una bona oportunitat de saber moltes coses de primera mà que desconeixíem.

Jo em vaig anar reincorporant a poc a poc del terra i la Mireia es va posar bé el vestit que portava, ja que de tant donar-me estossegades se li havia quedat destarotat.

Vam anar caminant poc a poc cap a la casa, quasi amb por també, perquè ens feia molt respecte saber com estaria l'Eric, quina cara faria. Si se'l veuria cofoi, o si per altra banda, estaria en molt mal estat. Ens rebria amb el mateix pànic que teníem en aquell moment nosaltres, o amb alegria? La veritat, no tenia gaires neurones senceres per pensar en tantes possibilitats remotes.

- Passeu, aneu al menjador i assenteu-vos al sofà, si us plau. Vaig un moment a la cuina. Us faig una til·la, d'acord? – ens va comentar l'Anna.

Vam acomodar-nos al seu saló, però de moment no vèiem que hi fos l'Eric per enlloc. Era cert que aquella casa tenia vàries habitacions, però com a mínim allà amb nosaltres no hi era.

- On està l'Eric? – vaig preguntar, cridant una mica perquè em sentís l'Anna des de la cuina.

- Ara ve, ens assentarem tots plegats i xerrarem.

Era una situació molt estranya. Què coi hi fotia l'Eric a casa l'Anna? No tenia sentit res. Jo no em creia que el meu amic estigués en aquelles quatre parets. I si l'Anna ens estava enganyant i ens volia parar alguna trampa? I si ella sabia tanta informació de l'Eric i tot, no seria ella alguna amiga que desconeixíem i que... no sé... tenia potser alguna relació amb la mort de la Susanna?

- Escolta Mireia, tu no ho veus molt estrany, tot plegat? Jo no veig que aquí dins hi hagi de ser l'Eric. Crec que això olora malament, hauríem de marxar d'aquí. – li vaig suggerir, amb veu baixa perquè no ens sentís l'Anna.

- No em parlis, Jofre. Estic molt cabrejada amb tu, només vull veure aquest altre malparit que va ser col·lega teu. De fet, pot ser que d'una passada us enviï a prendre pel cul a tots. I si realment l'Anna ens ha enganyat i l'Eric no hi és, li trencaré la cara a ella primer.

Vaig decidir, doncs, estar callat, com una mòmia. Vam estar tres minuts, només això, però van passar com si fossin dues hores. Fins que va tornar a aparèixer l'Anna.

- Té, aquí teniu les til·les i aquí galetes i gels per si voleu refredar la beguda, com vulgueu. – ens va dir, com si haguéssim vingut a fer una reunió d'amics.

- Però escolta, nena, tu ens prens per imbècils o què? Ens vols dir on collons és l'Eric? – va clamar exaltada, la Mireia.

L'Anna es va assentar a una cadira davant nostra i quan va estar ben acomodada, ens va comentar:

- Disculpeu, primer de tot, per tot aquest temps de falsedats i mentides. Crec que no us ho mereixeu perquè sou bona gent i sempre m'heu recolzat. De vegades afrontar la realitat és duríssim. Vosaltres no us en podeu fer a la idea, us ho asseguro. Ara us explicaré un relat molt colpidor que us farà mal. Primer de tot, us responc a la pregunta. No us he mentit quan us he dit que l'Eric era aquí casa. De fet és davant vostre ara mateix. L'Eric.. sóc jo. Sí, jo mateixa. Fins fa uns cinc anys era l'Eric Armengol, el teu amic de la infància, Jofre. Ara, després de múltiples intervencions... com observeu... sóc... l'Anna.

- Què m'estàs dient, xata? Això és una puta broma que m'heu muntat o què? Jofre, de què va tot això? – exclamava la Mireia, intentant que a base de cridar potser tot allò deixés de ser veritat.

Capítol 17

Encaixar la realitat

Dins de cadascú de nosaltres existeixen dates, instants exactes que se'ns guarden dins la nostre memòria i queden perennes durant tota la nostra existència. Doncs bé, un d'aquests moments sense cap mena de dubte va ser la conversa (o més ben dit, l'explicació detallada) de la història que ens va explicar l'Anna (o més ben dit, el meu estimat amic de sempre, l'Eric).

I no tan sols pel contingut explícit del que va relatar, sinó per les conseqüències que això havia tingut. Si ella s'hagués tret la màscara des del principi tot hagués estat diferent. Aquell dia va ser un xoc emocional molt important per mi, segurament igual que per la Mireia, que no podia treure's de sobre la cara desencaixada que portava.

Imagineu-vos què estrany tot plegat que el primer que va fer l'Anna va ser ensenyar els corresponents documents amb totes les operacions d'estètica que s'havia practicat. L'Eric estava totalment canviat, de dalt a baix, no podia observar cap mena de característica física que em recordés al noi destraler amb qui jo havia compartit tantes coses de petit.

S'havia realitzat una operació total de canvi de sexe i en aquells temps era una noia absolutament normal i esvelta. Havia usat totes les tècniques per poder ser sexualment una dona: una penectomia, una vaginoplastia, una vulvoplastia, a més de posar-se pròtesis mamàries...

Però és que no s'assemblava exteriorment en res. Cabell llarg i tenyit de ros (l'Eric tenia el cabell ben fosc), cara xuclada amb pòmuls sortints (ell tenia una mica cara de pa) i òbviament el vestir, la manera d'expressar-se, etc... tot havia canviat. Per si no n'hi havia prou s'havia també tret la nou del coll perquè ningú pogués sospitar que havia estat un noi. Semblava impossible, impossible. L'únic que conservava era el color dels ulls però és que vaja, era infactible veure que s'assemblés a aquell noi que jo coneixia.

'És l'Eric, collons' seguia repetint el meu cap una i altra vegada. Era aterrador. La meva ment semblava a punt d'explotar, volia morir, volia sortir corrents d'allà, cridar, arrencar-me els cabells i vomitar... era tot un infern dins el meu cervell. L'Anna anava xerrant però les meves orelles volien ometre-la, ignorar-la. Les seves paraules em sonaven tan impactants que semblaven que xoquessin en l'infinit creant una espècie de terrabastall. O potser era jo que estava a punt de perdre el coneixement. Em vaig recolzar a la Mireia i entre els dos vam aguantar una mica l'equilibri per no caure desmaiats.

El primer que va sortir de la meva boca va ser:

- Espera, espera... torna a començar si us plau. O no, vull dir, potser ens hauries d'explicar què va passar amb...o no, no ho sé... per on coi... eh.. és igual deixa-ho anar tot en l'ordre que creguis...

Jo no sabia encara com podia estar passant allò, no podia rebaixar-ho emocionalment de cap forma.

- Deixeu-me que us ho expliqui tot a la meva manera. Fa temps, molt temps que tinc preparat el que us vull rebel·lar i són moltes coses, ho sé – va dir l'Eric... o millor dit, l'Anna.

A partir d'allà va començar el relat de la seva història, una narració que m'ho faria replantejar tot de nou.

Capítol 18

La confessió

Un cop vam notar que tot i la bomba informativa que ens havia llençat l'Anna, ens seguia arribant oxigen al cervell, ella ens va dir:

- Crec que el que primer que necessiteu saber és què va passar amb la mort de la Susanna. Sé que això us ha fet patir molt i mai heu arribat a saber tota la veritat i us la dec, és el primer que necessito explicar-vos, d'acord? Porto temps amb aquesta experiència dins i necessito treu-la com sigui.

Jo i la meva parella ens vam agafar fort de les mans. Estàvem tan absolutament fora de lloc que l'emoció superava sentiments i raonaments. Vam dir que sí amb el cap, senzillament, com dos nens petits que fan cas als seus pares sense pensar.

I va començar aquí, l'explicació acurada de la història de l'Eric i la seva difunta dona, la Susanna:

- Aniré al gra. El primer que us vull dir és que la Susanna se'n va adonar al viatge de noces que a mi m'agradaven els homes. El mateix que tu en el seu moment vas notar i vas veure clar, Jofre, ella també ho va visualitzar durant els dies posteriors al casament. La Susanna buscava desesperadament que per fi ressaltés la meva passió i tinguéssim una vida sexual molt més activa i com que em vaig veure tan atrapat, li vaig haver de confessar que no m'agradaven les dones.

A partir d'allà, ella es va entristir fortament perquè va descobrir que la nostra relació era una gran mentida i que jo mai la podria estimar. Tot i així, ella va acceptar seguir casats com a mínim un temps prudencial per poder després separar-nos de forma més natural com si les coses no haguessin sortit bé (de cara a la galeria, quedaria millor així).

De totes maneres, allò no va ser suficient i cada dia que passava ella anava empitjorant i empitjorant el seu estat anímic i emocional. Era molt dolorós veure com la Susanna s'anava apagant per culpa meva. Em costava acceptar tanta culpabilitat.

El problema, però, és que ella fins aquell moment coneixia part de la veritat, no tota. A mi no tan sols m'agradaven els homes. Jo volia poder estimar un home, sí, però essent una dona. I òbviament això era massa gros d'explicar.

Després del dia que vau venir al pis, setmanes després del viatge de noces, abans que marxessis, tu em vas mirar de cara i em vas preguntar si realment era feliç.

Aquella pregunta em va incomodar moltíssim, perquè tu, sense saber-ho, veies amb clara transparència que la meva relació era un farsa i que jo comunicava falsa felicitat. En aquell moment era l'última cosa que jo volia aparentar. Però clar, allò només ho veies tu, no la resta de la gent.

Tu vas ser el desencadenant que em mengés el coco els següents dies i per això vaig quedar amb tu enfurismat. A més a més, quan vas descobrir que m'agradaven els homes, els meus ànims van anar decaient en picat.

Tot i així, per mi era impensable afrontar la realitat. No tenia esma de poder encarar tot allò, mostrant-me tal i com era. Perquè sí, t'he de confessar que ja en aquella època havia descobert un petit oasi on, com a mínim, em podia transvestir i veure'm emmirallat en alguna cosa semblant al que jo volia ser.

A través de les xarxes vaig trobar un grup de gent que tenia aquest somni de canviar-se de sexe i quedàvem alguns dies per sortir a prendre alguna cosa. El que fèiem era maquillar-nos i transvestir-nos per fer veure, com a mínim, que érem allò que volíem arribar a ser. Sempre que ho feia, perquè la Susanna no sospités, li donava l'excusa que quedava amb els de la meva feina.

El gran problema va ser que, tot i que les trobades que fèiem m'assegurava que fossin ben lluny de les zones habituals del meu entorn, un vespre em vaig trobar fent una cervesa al mateix bar que... la Joana. La veritat és que la societat no té tampoc un especial menyspreu als transvestits i ens animàvem a sortir a fer copes a qualsevol local sense vergonya perquè mai havíem tingut cap problema.

De fet, aquest cop tampoc vaig tenir cap desavinença amb ningú, el que passa és que em vaig posar massa nerviós al veure la Joana.

La meva reacció a l'observar-la va ser de pànic i de voler sortir d'aquell lloc el més abans possible. El cas és que les meves amigues transsexuals em van demanar perquè volia marxar tan esperitadament d'allà i no vaig voler ni donar explicacions. Això va provocar, primer, que elles comencessin a cridar-me fort que no marxés, fent encara que jo passés menys desapercebuda. I segon, i aquest sí, totalment culpa meva... al voler aixecar-me ràpid per fugir d'allà... se'm va caure la cervesa al terra.

Amb aquell soroll de vidres trencats, sense voler, vaig passar de voler marxar sigil·losament a ser la persona més vista de tot el bar. I sí, amb la mala sort que la persona més gentil que es va apropar per veure que ningú s'hagués fet mal va ser... la Joana.

Per molt maquillatge i perruca que portés, tampoc ho feia d'una forma tan professional com perquè no es veiés d'una hora lluny que era transsexual i segon, perquè qualsevol que em conegués em pogués reconèixer.

Evidentment vaig poder observar com ella se'm quedava mirant estranyada i vaig aprofitar aquest petit instant de desconcert per fotre el camp ràpid.

Va ser totalment instintiu, com un nen petit quan fa una malifeta i creu que pel fet de fugir lluny els problemes desapareixen. I mai s'esborren, com tampoc va passar aquest cop. Quan creia que pel fet de ser fora d'aquell local tot s'havia resolt... òbviament, en pocs segons també va sortir d'allà la Joana.

- Escolta, un segon, tu no seràs.. estaves amb aquell grup de transsexuals oi? Però aviam, em pots mirar un moment, si us plau? És que crec que em sones de... Eric? – va dir la Joana, molt encuriosida.

A partir d'allà no vaig poder més que aixecar la cara i afrontar la realitat. La vaig mirar directe als ulls i li vaig explicar absolutament tot.

Com us podeu imaginar, ella va al·lucinar. Suposo que recordeu que, a més, la Joana havia estat enamorada de mi i allò, per ella, va ser molt més que un simple impacte.

Vam estar un munt d'estona xerrant i em va flipar veure com la Joana, tot i l'òbvia sorpresa que s'havia endut, no va tenir una reacció excessivament histriònica ni exagerada. És més, em va escoltar i fins i tot és possible que m'arribés a entendre en aquell moment.

Ella em va dir que mai m'havia vist enamorat de la Susanna i per això sempre havia imaginat que podia tenir alguna opció amb mi... a l'observar la meva situació, senzillament va fer un acte d'empatia i tot i quedar-se parada, va reaccionar prou bé.

Jo li vaig demanar si us plau màxima discreció perquè no volia que ningú més ho sabés. Ella, com no podia ser d'una altra forma, em va dir que podia comptar amb el seu silenci i que, a més a més, no havia de patir perquè ella ja no es feia amb ningú del meu entorn. Sense més escarafalls, vaig decidir encarrilar el camí cap a casa.

Sortint d'aquella conversa, però, el que havia ocorregut em va omplir d'energia i d'autoestima. Clar que sí, jo havia de ser el que volia ser. I què coi, la Joana ja m'havia vist, en aquell punt ja veia massa surrealista amagar-li a la meva dona. Vaig arribar a la conclusió que estava humiliant massa a una persona que no s'ho mereixia.

I sí, vaig cometre el puto error més gran de la meva puta vida. Vaig creure que el més sensat era explicar-li tota la veritat a la Susanna. Va ser aquella nit, Jofre. Aquella puta nit.

Em vaig omplir de coratge i vaig decidir que volia mostrar-me davant d'ella com jo em sentia feliç, i això era essent una dona. I per això, vaig anar a casa meva tal i com estava: maquillat, amb una perruca de cabells rossos que a mi m'encantava, una camisa, unes sabates de taló...

– Hòstia santa Eric, vull dir... Anna! Se te'n va l'olla, en serio! Tu no entens que la gent normal això no ho podem digerir així com si res? Que li vas fotre el món enlaire! – li vaig etzibar.

– La gent normal, Jofre? Ves a la merda nano! Tens raó, no li hauria d'haver donat aquest cop visual tan bèstia, però jo, en aquell instant, pensava que si la Susanna em veia així, ho entendria tot molt més i potser, amb el temps, se'm posaria del meu costat entenent tot el que havia hagut de callar. La Joana m'havia vist instants abans i tampoc havia estat gaire desagradable... Pensava que... En fi, segueixo. – va dir l'Anna, enfurismada.

Recordo que vaig arribar a casa i vaig exclamar fort:

- Susanna, avui he vingut d'una forma molt diferent al de sempre perquè et vull mostrar tal i com jo voldria ser feliç! Vull que estiguis preparada! No t'espantis!

En aquells temps la Susanna estava molt malament, es podria dir que havia entrat oficialment en una depressió. Heu de pensar que ambdós teníem milers de seguidors a les xarxes socials i havíem de fingir ser una parella feliç sempre que estiguéssim fora de casa a la via pública (per si de cas ens feien alguna foto inadequada). Allò era inaguantable.

Ella, com que últimament ja sempre anava medicada, només va saber dir un 'd'acord' incrèdul, ja que ni comprenia la pregunta, ni les drogues li deixaven reflexionar les meves paraules. Evidentment no es podia imaginar el que li estava dient.

De totes maneres, vaig anar primer a l'habitació abans de sortir cap al menjador. Em vaig mirar al mirall per assegurar-me que aquella era la imatge que jo desitjava traslladar al món de mi.

Sense quasi ni tan sols respirar, vaig anar caminant al saló.

La Susanna estava estirada al sofà de casa, mirant la televisió. Ja feia temps que estava fotuda per culpa meva, perquè jo l'havia enganyat, l'havia defraudat. Només mirava aquell gran rectangle il·luminat sense sentit, li era igual el programa que fessin. La meva dona es passava hores mirant aquell aparell però no l'escoltava ni l'observava. Necessitava companyia dins la soledat que vivia.

Sense dubtar, vaig col·locar-me entre el televisor i ella. Al trencar-li la visibilitat, va aixecar una mica la vista per observar-me. I per mi, el més difícil va ser notar que els seus ulls pràcticament ni s'immutaven. Només vaig percebre que s'obrien una mica més del normal, però la seva reacció va ser d'una mínima sorpresa. Tan depressiva estava, que li era igual qualsevol cosa? Em va preocupar moltíssim.

Encara impactada perquè la Susanna no va ni com a mínim donar-me explicacions ràpides del meu aspecte, li vaig començar a explicar (tot dubtant si realment m'escoltava perquè el seu rostre no es va moure ni un centímetre) que jo en el futur voldria ser una dona, com estava observant en aquells moments, com ella, i que les meves intencions eren anar a l'estranger on estava la Núria, la seva amiga, perquè em donés un cop de mà en el procés de canvi de sexe.

Quan vaig acabar la meva explicació ella va quedar impassible, amb la mateixa fisonomia, intacta. Bé, tot menys la seva mirada, que ja, per fi, havia canviat. La seva mirada era profunda, d'odi intens, d'ira desmesurada. Tenia les pupil·les fosques com el carbó. Ho recordaré sempre. No va donar cap altre símptoma de moviment o canvi. Només amb els seus ulls em va transmetre ràbia, decepció, menyspreu. Va seguir uns instants més immòbil.

Llavors vaig començar a suplicar-li perdó. La vaig agafar de la mà i li vaig dir que la meva intenció no era fer-li mal a ella, que jo egoistament havia volgut intentar tenir una vida normal i me n'havia adonat que no podia ser, que la meva naturalesa no em deixaria mai ser feliç tenint una existència tant postissa.

Després d'uns pocs minuts, ella es va aixecar lentament del sofà i sense obrir la boca, se'n va anar cap al lavabo molt a poc a poc. Jo en aquell moment vaig pensar que voldria tenir privacitat per anar a plorar o encaixar allò que ja era prou difícil d'entendre.

També creia que potser aniria a buscar alguna altra pastilla per a poder evadir-se del que havia acabat de sentir.

Em vaig quedar sol, al menjador, una bona estona. Dins el meu cap no parava de rebotar una de les preguntes més repetides per la humanitat: he fet ben fet? O no?

Vaig començar pensant que sí, que la veritat per davant de tot. Però després em vaig començar a posar paranoic amb les conseqüències.

I si la Susanna es tornava boja i començava a escampar-ho a tothom? Potser es revelava ferestament contra mi i m'intentaria llavors fer la vida impossible. Jo no volia que la gent sabés res de tot allò. Volia desaparèixer i que la gent m'oblidés per sempre, no com el noi que es va casar i després es va canviar de sexe. Això seria una humiliació ja no tan sols per mi, sinó pels meus familiars, especialment els meus pares.

Vaig accelerar la meva imaginació i vaig visualitzar un futur molt opac. I amb aquest pensament, em vaig aixecar del menjador per anar a buscar la Susanna. Li havia de deixar clar que allò que li acabava de confessar era molt més que confidencial.

- I llavors la vas decidir matar? Va ser llavors, oi? No podies suportar que ella escampés que tu volies ser transsexual i vas ser tan cabró que la vas assassinar! – va saltar la Mireia, sense pensar-s'ho dues vegades.

- Com vols que fes una cosa així? Però de què vas? No, això mai! Tu saps que me l'estimava molt, Mireia, ho saps!– va dir l'Anna, clamorosament ofesa.

- Deixa-la seguir, Mireia... – vaig dir-li amablement.

- Gràcies... llavors vaig saltar del sofà a buscar-la. I de camí, vaig sentir un cop fort, com de soroll de metall. Provenia òbviament del lavabo. Les meves pulsacions es van accelerar però en menys de cinc segons jo ja era allà.

Allà estava ella, assentada a la vora de la banyera. El cop no havia estat res més que un ganivet caient al terra del lavabo, però ara aquell mateix ganivet el sostenia la Susanna a la seva mà esquerre. Se la veia desolada, anada.

- Susanna, no facis tonteries. Deixa aquest ganivet. Escolta, això que t'he dit no ho ha de saber ningú. Jo marxaré del país i m'operaré i llavors no farà falta que ningú...

No vaig poder acabar la frase perquè ella, després de bastants dies sense obrir boca, em digués:

- Digues-me perquè jo. Per què jo? T'he ofès mai tant perquè m'hagis hagut de fer tant mal? Tot i destrossar-me la vida, encara et preocupes per tu mateix, perquè ningú al món sàpiga que ets un puto tarat. I jo? Suposo que si jo et sóc igual és perquè em deus odiar com mai no has odiat ningú, oi? Llavors, l'única pregunta que et faig és: per què jo? Què t'he fet? Tan mala persona sóc? No tan sols jo sola moriré de tristesa pel que he passat, sinó tothom qui m'estima i... collons! Fins i tot sortirà a la premsa, i tothom es riurà de mi.. i què diran a les xarxes socials... hauré d'esborrar-me de tot perfil que tingui a internet... desaparèixer... però això a tu t'és igual!

Va agafar el ganivet i es va apropar cap a mi. Em va agafar del coll i m'ho va tornar a preguntar:

- Per què jo?

Agafant-me, va acostar la meva cara a la seva, fixant-nos la mirada a un dit de distància. Jo no sabia si em volia atacar. Allà tocava que jo parlés. Allà tocava que jo sabés donar-li la justificació que necessitava. La lògica d'un fets que no tenien raó de ser. I vaig recercar paraules per l'interior del meu cap. Vaig buscar mots al més profund del meu cor. I tot el que en va sortir va ser un patètic i podrit:

- No ho sé.... no ho sé... si m'has de matar, fes-ho, segurament no mereixo existir. No hauria d'existir en aquest món...

Em va deixar anar. Es va girar d'esquena a mi i... va deixar lliscar el ganivet per sobre el seu canell dret. Em vaig quedar astorat, petrificat per un moment. Vaig observar, quasi a càmera lenta, com ella es desplomava i com, caient, es donava un cop al cap brutal.

Tot seguit em vaig ajupir de genolls i li vaig agafar el cap.

- Però que fas? Però que has fet? – jo no parava de repetir.

Ella no reaccionava. Segurament havia perdut el coneixement del cop a la cara. Va treure moltíssima sang en pocs segons. Jo no sabia si curar-li el tall del braç o el cop que tenia al cap. No sabia si aixecar-me a buscar alguna cosa per curar-la o agafar-la ben fort. Però la meva indecisió no va alterar res. Vaig mirar de sentir si respirava (de forma destralera) i després de corroborar-ho cinquanta vegades... vaig entendre que l'havia perdut. No em va donar temps ni d'aixecar-me a trucar una ambulància. En aquella situació igualment no hagués recordat el senzill telèfon d'emergències de tres números.

Em vaig començar a marejar i vaig vomitar a la tassa del lavabo. Vaig encendre a plorar mentre alhora no podia aixecar el cap del vàter.

Després, em vaig quedar agenollat uns instants, mirant-la un altre cop. I la meva ment només entenia un sentiment en aquell moment: la ira. I contra què o qui? Doncs efectivament contra tu, Jofre. Si tu no m'haguessis mai animat a intentar ser jo mateix, jo no hagués reflexionat mai internament dir-li res a la Susanna.

I és per això que vaig pensar en marxar d'aquell escenari pervers i anar directament sense pensar-ho ni un segon cap a casa teva. Et volia matar. Et volia assassinar amb les meves pròpies mans. T'adjudicava la mort de la Susanna.

Abans, però, vaig intentar netejar-me les mans plenes de sang que tenia de la forma més ràpida que vaig poder i també em vaig desvestir i desmaquillar perquè només em faltava que tu també sabessis que volia ser una dona. En aquell moment em feia fàstic a mi mateixa, volia tornar a ser l'Eric perquè com a mínim tu no em miressis com un bitxo estrany.

- Però et vas descuidar de treure't bé el carmí de la boca i de rentar-te bé les mans. – vaig afirmar amb aquella ansietat de veure com les peces del puzle s'anaven encaixant.

- Ah sí? No sabia que no m'havia tret bé el pintallavis... bé, normal en aquell moment, perquè estava fora de mi... Vaig ser cínic i egoista. Encara ho penso actualment i reflexiono quina mena de persona era. Tot allò havia estat conseqüència dels meus propis actes i no dels teus, Jofre. Em sap molt greu haver-te clavat aquella sonada pallissa. Però t'haig de ser sincera. Em va alleugerir poder descarregar la ràbia contra algú. Però aquest sentiment només em va durar unes hores.

– El que no acabo d'entendre és: per què s'ha reobert el teu cas? – vaig seguir preguntant, encuriosit.

– Perquè m'han denunciat... els pares de la Susanna. Es veu que ells mai van poder superar la mort de la seva filla i fa dos anys van contractar un detectiu privat perquè em localitzés i m'investigués. Volien assegurar-se que jo no havia matat la Susanna realment perquè sempre havien tingut aquest dubte. Els pares de la Susanna van trobar curiós que poc després de la mort, la Núria i la Joana també desapareguessin, tenint en compte que jo també m'havia esfumat del mapa. En aquest sentit, aquest detectiu es va dedicar a localitzar-me sense èxit, ja que el fet que marxés a Tokio i a sobre em canviés d'identitat i de sexe, va fer que li fos impossible rastrejar-me.

A qui sí que va poder localitzar va ser a la Joana, que actualment encara està vivint a les rodalies de Praga. Fa unes setmanes aquest home es va fer passar per un estrany qualsevol i al mig d'un local musical, entre gintònic i gintònic, li va extreure a la Joana la meva història. Ella creia que estant a tants quilòmetres de distància no podia ser que allò fos d'interès d'algú.

A partir d'aquí, el detectiu va explicar la història del meu canvi de sexe als pares de la Susanna i ells, encesos, van arribar a la conclusió que la mort era culpa meva, ja fos perquè podia haver estat l'assassina de la Susanna (era veritat que havia mentit a la policia sobre el meu relat d'aquella nit), i sinó com a mínim còmplice indirecta. S'han agafat a aquesta dada perquè em re-investiguin.

Jo penso que en el fons ells saben perfectament que no la vaig matar amb les meves pròpies mans, però em volen humiliar perquè necessiten veure un culpable patir per la mort de la seva filla. A més ja sabeu que la seva família, com la meva, també són uns malparits d'ultra dreta i això per ells segur que ha estat una deshonra absoluta pels seus ideals de merda. M'hi jugaria el que vulguis a que són uns homòfobs de collons, no t'explico, doncs, el que deuen opinar sobre els transsexuals.

Ara em tocarà patir molt perquè tot el territori sabrà que sóc l'Eric Armengol, el transsexual, i era l'última cosa que volia que passés. És una putada i necessitaré el vostre suport... de veritat, em sento sola i desprotegida. M'ajudareu?

Capítol 19

Més enllà dels fets

Després d'aquella confessió, només volia una cosa: localitzar l'Eric dins la mirada de l'Anna. Necessitava veure si podia entendre que dins el cos d'aquella noia hi continuava existint el meu amic de la infància.

Ara que ja havia entès tota l'explicació, en aquell instant m'importava més trobar resposta al perquè del canvi de sexe.

Hagués pogut estar indignat en la forma com l'Eric va atribuir-me a mi la culpa d'un fet tan tràgic com un suïcidi, hagués pogut estar content de corroborar definitivament de primera mà que l'Eric no era un assassí, hagués pogut sentir tantes emocions... però aquests sentiments arribarien dies més tard. En aquell moment jo volia absolutament totes les respostes.

- I com va anar el fet de canviar de sexe? – li vaig etzibar, trencant el moment intens que s'havia produït.

- De veritat vols saber això ara? No et xoca tot el que t'he explicat? Aquest relat tan brutal de la meva vida? Jo mai més podré oblidar la cara de la Susanna morta al meus braços... no ho entens? No la vaig matar amb les meves mans però en el fons vaig ser jo qui la va assassinar amb les meves mentides! – va exclamar ella.

- Tot això que ens has explicat és horrorós Eric.. vull dir Anna, o Eric... però... és que pots entendre, per un sol moment, l'extrema complicació que està essent per mi comprendre que t'hagis canviat de sexe? Que desapareguessis d'un dia per l'altre després de ser el meu amic de sempre, que a sobre vinguis ara amb una altre identitat, que a més a més tornis a entrar a la meva vida, que la sacsegis de dalt a baix, que vulguis d'alguna forma tornar a ser amic o amiga meva.. i no entens perquè collons tinc la fotuda curiositat de saber primer de tot, per què collons ets una tia ara? – vaig esclatar completament.

Allà vaig veure com jo deixava d'estar en estat de xoc i començava a expulsar tots els dubtes, intentant començar a voler entendre, comprendre.

A ella la meva reacció li va impactar. Realment, en aquella situació on tots havíem patit tant, era molt difícil no veure's només el mal propi, sinó també el mal dels demés.

L'Anna, a l'observar-me tant fora de mi, va dir:

- Molt bé. D'acord. Continuo. Unes setmanes després de la mort de la Susanna, vaig contactar amb la Núria. Va ser complicat poder establir una conversa normal amb ella ja que òbviament la Núria també sospitava que jo podia ser l'assassí de la seva amiga. Ara bé, un cop vaig poder explicar-li tota la meva versió, va entendre-ho tot de cop.

Com ja sabeu, la Núria és experta en anatomia avançada (entre moltes altres coses) i jo sabia que ella havia vist casos de transsexualitat en el passat i que no s'esvalotaria en excés pel meu cas concret.

Vam quedar a un mirador de la ciutat i allà vam mantenir una conversa de quasi quatre hores on vaig poder esplaiar-me tot el que vaig voler. Ella em vam començar a explicar en què consistia una operació tan complexa com és la del canvi de sexe.

Aquí cada cas és un món, ja qui vol semblar una dona aparentment però mantenir els genitals masculins, hi ha qui vol un canvi de sexe total, qui no es pot pagar tota una operació i ha d'escollir quines parts vol canviar-se...

- Al gra, si us plau! – li vaig dir, tallant-la completament.

Estava nerviós, molt nerviós ho reconec. Realment no volia escoltar els detalls. No podia suportar que el meu amic després de tants anys m'expliqués detalladament que volia tenir cony o que només volia tenir pits o que ves a saber. M'era igual.. però no m'era igual... estava massa descol·locat.

- Si vols escoltar-me ho hauràs de saber tot. No et penso amagar res, a no ser que ja no vulguis ser amic meu – va dir l'Anna. I va seguir amb l'explicació.

- En el meu cas jo tenia molt clar que volia un canvi global, però a més semblant perfectament una noia de cap a peus. No volia que es pogués intuir que era transsexual. M'havia estat informant i sabia que a l'estranger estaven començant a fer passos molt importants en aquest sentit i hi havia els primers transsexuals amb una tecnologia avançada que permetia una estètica perfectament aconseguida.

- I suposo que aquests centres científics avançats estaven a Tokio – va dir la Mireia, ensumant com continuava la història.

A la meva parella se la veia més tranquil·la després de saber que com a mínim la seva difunta amiga Susanna no havia estat assassinada. Jo notava que ella començava, fins i tot, a connectar amb l'Anna.

- Correcte. A més, la meva petició, a la Núria la va motivar moltíssim. Per ella va ser el senyal que estava esperant per fer el que li apassionava en el món de la biomedicina d'última generació.

- Mmm... d'acord. Però la Núria no va al·lucinar quan li vas dir això? – vaig comentar jo.

- Clar que li va sorprendre, però ella és científica, pot entendre certes coses que la gent no assumeix per culpa del hàbits culturals de la nostra societat. Vivim en un món en què tot el que no coneixem, diem que no és normal. I ja està. I ens quedem tan amples. 'Si no ho sé, no és normal'. Quina humanitat. Queda molt per avançar. Jofre, ara sí, t'explico què em passava a mi. Què passava per la meva ment perquè jo volgués ser la noia que sóc ara.

Jo me la mirava atònit. Era evident que tot allò era massa informació de cop, però tenia moltíssima curiositat.

Així doncs, l'Anna va seguir:

- Quan érem molt petits, Jofre, jo era molt feliç anant pels barris amb tu creant el caos perquè la gent entengués que la vida no cal que sigui tan ordenada i rígida, sinó que tot es pot qüestionar i canviar. En aquell primer instant encara no ho sabia, però s'iniciava una rebel·lia en mi, perquè veia que als ulls dels meus pares, jo no era normal. I no suportava aquesta idea. De fet, no sé si recordes que vaig pegar moltíssim a aquell atracador que em va dir que semblava la seva germana petita. Em va dir nena aquell cabró, com si ja intuís el que s'esdevindria anys després. Jo allà encara no era conscient de res d'això.

Uns anys més tard, ja adolescent, vaig començar a adonar-me que les noies no m'agradaven sexualment. Va ser l'època en la que vaig conèixer les teves amigues, Mireia, perquè m'encantava el vostre rollo i la connexió que teníeu entre noies. Justament quan vaig començar a sortir amb la Susanna, quan millor m'ho passava amb ella no era al llit, sinó compartint les seves aficions, que eren molt semblants a les que jo volia tenir.

La Susanna no ho va notar, potser perquè encara no érem molt madurs, però ella i jo sempre fèiem coses més típiques del gènere femení que del masculí: m'encantava que ens passéssim hores en un vestidor mentre li deia quins eren els vestits que li quedaven millor, era feliç quan a casa jo l'ajudava a pintar-li les ungles, a fer-se pentinats diferents, a jugar amb el maquillatge, etc... de fet, puc assegurar que la Susanna es va convertir en la meva millor amiga, de ben segur. Però clar, mentre ella vivia en una relació d'amor, jo estava sentint una relació de forta amistat.

A més, observava que cada cop m'atreien més sexualment els homes, i per tant en un primer instant donava per fet que era homosexual, però com bé saps, la pressió familiar i social em feia tallar-me al màxim de tot i no voler ni tan sols provar d'acostar-me a cap local d'ambient ni res per l'estil.

En un moment determinat, però, just quan vam començar a viure junts amb la Susanna, em vaig adonar que no només gaudia de totes aquelles activitats amb ella, sinó que un bon dia, vaig voler agafar tots els seus estris de bellesa i veure com em quedaria a mi una repassada de maquillatge. I després vaig voler veure com em quedaria... una brusa seva. I acte seguit, unes arracades. I així anar fent... fins que em vaig mirar el mirall i el que vaig observar... em va encantar.

Vaig vibrar moltíssim veient-me d'aquella manera, tan elegant, tan suggeridora. I vaig començar a reflexionar que a mi no només m'agradava fer coses de noia amb la Susanna: jo volia ser i tenir una vida socialment igual que la de la meva parella.

Aquí va començar la meva època més dura, perquè vaig iniciar una vida paral·lela. Vaig començar a mirar per les xarxes quins locals de transsexuals hi havia a la ciutat, em vaig informar bé i vaig anar assimilant (poc a poc, perquè no és gens fàcil en aquesta societat) que jo volia ser d'aquella manera.

Ara bé, per altra banda, mentre començava a relacionar-me amb gent que pensava i era com jo, tenia clar que no podria mostrar-me mai al món com jo era, amb el context familiar i social que tenia. Recordo que en aquells temps els meus pares estaven molt orgullosos de mi, de la vida que portava, lligat a una persona de calers, amb casa pròpia, etc... Jo sabia que ells no havien de saber la veritat.

I com que vaig veure que podia mantenir aquesta doble existència, vaig pensar que era el moment de casar-se, perquè sí, tenia pànic a la veritat, a la realitat. Més o menys ja em satisfeien aquests moments on em podia escapar i ser jo, no li reclamava més a la vida.

Tot i així, com ara ja sabeu, en una d'aquestes trobades amb transsexuals la Joana em va enxampar i d'aquí es va esdevenir la resta de fets que van portar a la mort de la Susanna....

Al final, què us he de dir... la Susanna, per mi, era la meva millor amiga i jo era feliç al seu costat. Però clar, amb el temps, i després de la lluna de mel, ja vaig veure que el sexe que teníem era quasi inexistent, que no hi havia cap tipus de passió.... La Susanna poc a poc se'n va anar adonant.

I la resta ara ja la sabeu... es va acabar quan vaig decidir que sí, que volia ser jo amb totes les conseqüències: ja no tinc família perquè no volen saber res de mi, vaig perdre-us a vosaltres i a sobre hauré de carregar sempre amb la mort de la que considero l'amistat més gran que he arribat a tenir mai.

Quina passada, Anna, quina bogeria... – vaig comentar, totalment bocabadat.

La vida paral·lela del meu amic semblava de pel·lícula. I jo sense haver-me adonat de res de tot això. Pensant-hi, però, sí que era veritat que des que havien començat a sortir junts, jo m'havia distanciat molt de l'Eric i per tant el seu relat quadrava perfectament.

Després de la seva explicació, se'm va passar pel cap la Núria. Ella m'havia mentit sobre la versió que m'havia donat de la mort de la Susanna. I expressament. Ella m'havia dit que la Susanna s'havia matat perquè l'Eric li havia dit que l'abandonava. I prou. Per això a mi em va estranyar moltíssim la versió que una persona tan jove es suïcidés per aquest motiu.

Com que la Núria havia d'evitar que jo conegués tota la veritat sobre el canvi de sexe, que jo sabés que l'Eric era l'Anna, va inventar-se aquesta història alternativa. Collons de Núria. Després de veure que l'havia enxampat parlant amb l'Eric, intentava evitar que jo accedís a ell, perquè sabia que per mi seria molt difícil digerir tot plegat. Ella va intentar ser lleial a l'Anna fins al final, donant-me històries falses perquè no veiés la realitat. I això em va fer enfadar.

- Escolta Anna, llavors, si has tornat de Japó i ens has tornat a involucrar a la teva vida, perquè no has explicat la veritat des del principi? – vaig preguntar, incrèdul.

- És que jo no tenia intenció de tornar a tenir relació amb vosaltres, no volia que em rebutgéssiu. Això sí, volia tornar a casa, a aquest país que tan m'agrada. Els països asiàtics acaben sent massa estressants. El dia fatídic va ser aquell al supermercat, on malauradament em vas trobar comprant amb la Núria. Allà es podia haver acabat tot, però a sobre em vas invitar a sopar a casa teva, Jofre! Era com si estigués escrit, que en algun moment hauria d'aflorar tota la veritat, com si intuïssis que ja ens coneixíem o que ens portaríem bé.

- Ostres, per això quan us vaig trobar per primer cop al supermercat estàveu tan molestes tu i la Núria, ara ho entenc....Vaja, llavors tu no volies tornar a saber res de nosaltres... – vaig dir fluixet, una mica desolat.

- Bé, jo no volia remoure més la meva condició, Jofre. Ja volia ser lliure del tot, no voler donar explicacions a ningú... anava seguint com estàveu a través de la Núria i ja m'estava bé, no volia que em miréssiu... justament amb la cara que esteu posant ara. La Núria ha estat un pilar fonamental a la meva vida perquè m'ha acompanyat en totes les fases del canvi de sexe i m'ha donat molt suport emocional, ella i l'Asbjörn.

Ara bé, com que el camí ens ha portat fins aquí, jo ara seria immensament feliç de saber que m'accepteu tal i com sóc. Tal i com sempre, internament, he estat.

- Dona, espera que anem paint tot això, però realment el que has viscut és, si més no, una odissea que... – deia la Mireia, fins que ràpidament l'Anna la va tornar a interrompre.

- Sí, un infern. I no sabeu el que em costarà seguir endavant. Perquè... sabeu com vaig acabar a l'hospital? Ja sabeu que em va pegar la meva última parella que vaig tenir. Però no sabíeu perquè. Va ser quan, després d'uns dies de relació, li vaig dir que era transsexual. S'ho va agafar com una traïció i una falta de respecte infinit que no li hagués comentat des del primer dia (quan tothom fuig si li expliques això en primera instància). Em va empènyer, després de donar-me tres cops forts, i vaig caure escales avall d'una boca de metro, a la nit. Va ser terrible. Aquest món és una merda, nois, hi ha molta intransigència encara, però he decidit ser optimista i seguiré lluitant, no ho dubteu. Només espero que vosaltres em pugueu donar un cop de mà perquè em sigui una mica menys difícil.

- Increïble Anna... ets molt forta – vaig dir en veu alta, sense pensar-ho ni un segon.

Em vaig girar un moment per veure la cara de la Mireia, si realment estava flipant com jo. I crec que, entre que la història era brutal i que amb l'embaràs estava molt sensible, vaig presenciar un moment emocionalment fantàstic. La Mireia es va aixecar i es va fondre amb una preciosa abraçada amb l'Anna. Ambdues es van posar a plorar com dues magdalenes, mentre jo, encara immòbil al sofà, m'ho mirava. I sí, jo també ploriquejava.

Que el menjador de l'Anna s'havia convertit en un espècie d'escena tràgica grega era una obvietat. Que aquella història era un drama era evident. Però s'olorava la sensació que a partir d'aquell moment segurament vindrien experiències molt bones, però caldria que tots reméssim en la mateixa direcció.

Tot i així, mentre seguia mirant com la meva parella i el meu antic amic, ara amiga, s'abraçaven de forma tan sincera, no podia parar de menjar-me el cap en el fet que jo li havia arribat a fer un petó a l'Anna feia poc menys d'una hora.

Què carai m'havia passat? Aquella situació em regirava el cervell com si fos un mitjó. Em va fer reflexionar. El fet que jo tingués aquest impuls constant de no voler renunciar a veure l'Anna, segurament era una força que m'empenyia a no voler deixar de veure el meu amic de la infància. La connexió amb ella va ser perfecte perquè en el fons ja ens coneixíem de sempre i això justificava que em rallés que la Mireia no em deixés veure-la.

Però clar, tampoc em volia enganyar, amb el temps, aquelles ganes de veure l'Anna és possible que s'haguessin anat convertint en alguna cosa més que amistat, però d'aquí a enamorar-me... no ho sé.

Va ser llavors quan em van sorgir preguntes com: podem estar enamorats dels nostres amics? I si els nostres millors amics canviessin de sexe llavors ens en podríem enamorar? Tenia aquella qüestió rondant de forma paranoica i no parava de donar voltes sense parar, com si tingués una cançó en mode 'loop' durant hores dins el meu cap. I la veritat és que la resposta no era tan complicada, però seria després que ho entendria.

Després d'uns instants de silenci i d'eixugar-nos les llàgrimes amb el que podíem, l'Anna em va dir:

- Jofre, si no hagués estat per tu, jo no m'hagués pogut alliberar i ser qui sóc avui. A tu t'ho dec tot, i no et sentis culpable de les desgràcies que m'han passat, són fruit d'aquesta societat. Però tu, sense saber-ho, volies que lluités per reivindicar la meva manera de ser.

– Ja, Anna, no ho sé, estic confós ara. M'agrada haver-te empès a ser valenta i lluitar pels teus ideals per poder ensenyar a tothom qui ets. Però ara jo no sé si t'he de veure com el meu amic de la infància o com una nova amiga. – vaig explicar, confós.

– Jofre, de l'Eric no en queda res o en queda poc, t'he de ser sincera. Segur que en queda l'essència, de les ganes de canviar el món, però a partir d'avui vull que em miris com l'Anna, una nova amiga que està aquí pel que necessitis. Amb la mateixa lleialtat i confiança que tenies amb l'Eric, però amb una forma de ser força diferent. Et demano que ens tractem com aquestes últimes setmanes, res més.

– D'acord Anna. Segur que saps que em serà difícil, però t'asseguro que intentaré que això no afecti la relació que teníem fins ara. – vaig dir, mentre feia que sí amb el cap.

Després d'aquell xoc emocional tan fort, vam estar berenant més tranquil·lament tots tres i parlant de coses més banals. Cap al vespre, jo i la Mireia vam decidir que ja tocava tornar cap a casa.

Mentre creuàvem la porta, l'Anna primer es va acomiadar de la Mireia i després, aprofitant que la meva parella ja havia fet uns metres marxant cap al carrer, em va dir a cau d'orella:

– Oblida el que ha passat abans, capsigrany! – va dir, referint-se al petó que li havia donat abans.

Acte seguit, em va donar un clatellot de la mateixa manera que ho feia l'Eric quan em passava de la ratlla.

Ens vam mirar amb complicitat i amb aquell gest tan simbòlic, se'm va treure tota la boira que rondava el meu cap. Allò em va arrencar una riallada i tot.

Mentre retornàvem amb el metro, la Mireia no podia parar la xerrameca. Que si era fortíssim tot allò, que què bèstia, que quina animalada, que quina història tan forta, etc... i jo, mentrestant, pensava que no, que no m'havia enamorat ni molt menys de l'Anna.

Que el moment del petó havia estat un moment de debilitat, perquè m'havia convençut que ella em necessitava i que jo era indispensable a la seva vida. I no era veritat, com a mínim en aquell sentit. Em vaig pensar que jo era el seu príncep blau i estava equivocat. Em vaig creure protagonista de la història.

A més, jo mai havia contemplat ser la seva parella, per tant, em vaig posar en un paper que era erroni. I clar, una persona amb la qui havia connectat tant i essent una noia atractiva, hi vaig tenir un moment impulsiu, quasi primari. Aquesta va ser l'excusa que em vaig posar finalment a mi mateix, principalment per no menjar-me el coco amb un tema que sabia que no tenia una resposta òbvia.

Arribàvem ja a casa nostra, amb la Mireia amb els ulls com pilotes de golf i seguint al·lucinant amb tot plegat. Jo també estava nerviós i excitat, però estava molt més relaxat. Notava que m'havia tret un pes de sobre. No és agradable seguir amb la teva vida quan tens temes oberts. La teva ment necessita tancar cercles per descansar de veritat. I ara podia fer-ho. I el més important: podia seguir endavant.

Uns instants més tard, just abans que anéssim a dormir després d'aquella jornada històrica, la Mireia, evidentment, va estar pensant en el mateix que jo havia estat reflexionant abans.

Mentre els dos ens posàvem el pijama, va dir-me amb veu baixa i una mica nerviosa:

- Escolta... i el petó a l'Anna? A què venia? Estàs colat d'ella? Ho dic perquè coi, ho podria entendre perquè és com si d'alguna forma t'haguessis enamorat del teu millor amic, llavors suposo que mentalment deu passar alguna cosa estranya que... És que amb tota la història no havia parat a pensar que potser això et pot fer reflexionar que la nostra relació...

- Ei ei.. para, carinyo. Deixa'm un moment que sí que és cert que t'he de dir una cosa important – la vaig tallar jo, abans que ens endinséssim per un camí molt obscur.

Vaig anar ràpidament al meu mòbil i vaig posar forta una cançó que sabia que a la meva parella li sonaria i força.

- Què fas posant els "Never say never" ara? Si ja m'estic dormint després de tot el que ens ha passat avui... – va dir ella, cansada.

A continuació, vaig dir-li:

- T'he posat això perquè... referent al que em preguntaves, t'he de fer una confessió com cal. Mmm... perquè et quedi ben clar... et dec una resposta que abans ha quedat pendent i que mereix ser contestada ara mateix sense contemplacions. Senyoreta Mireia Garcia. Sí, em vull casar amb tu.

Capítol 20

Units de nou

Sempre es diu que després de la tempesta ve la calma. Però en aquest cas, després d'aquell terrabastall, no només va venir la pausa sinó que també va arribar la felicitat. L'alegria de viure en pau i llibertat.

Quan la Joana va saber que es reobria el cas, en part, per culpa seva, va decidir tornar de la República Txeca per fer-nos costat. Això va provocar que, per fi, ens tornéssim a reunir tots plegats: jo, la Mireia, l'Anna, la Joana i també l'Asbjörn i la Núria, amb qui pocs dies després ja havíem fet les paus un cop coneguda tota la veritat.

Tornàvem a ser un grup unit, preparat per defensar els drets de la nostra amiga Anna, en un judici que seria llarg però que va servir per aflorar a la societat els greus problemes que tenen els transsexuals per a desenvolupar una vida normal.

La reobertura del judici per la mort de la Susanna va fer que els mitjans de comunicació se'n fessin ressò arreu del món ja que ningú esperava que una tragèdia que havia passat feia tant temps i que la gent creia que tenia una final conegut, tingués aquells nous elements tan particulars sobre la taula.

Van ser mesos de calvari, on es va haver de fer front a tot tipus d'especulacions i d'injúries ja que els pares de la Susanna realment tenien ganes de fer-li molt mal a la imatge de l'Anna.

Dins d'aquells dies de lluita, però, va haver-hi un moment molt lluminós: la Mireia va parir el nostre primer fill, a qui justament ens va semblar bonic posar-li Eric. Segurament va ser un dels naixements més mediàtics d'aquells temps, perquè nosaltres vam haver de realitzar desenes d'entrevistes per demostrar públicament el nostre suport a la nostra amiga i això ens va donar una visibilitat que tampoc buscàvem.

Finalment, després d'un any i escaig de la causa, l'Anna va acabar sortint innocent i per tant, victoriosa i molt reforçada de tot allò. Tant, que per ella va ser l'inici del descobriment de moltíssimes noves amistats i de nous grans suports que la van estar acompanyant fins als seus últims dies. El col·lectiu transsexual ja tenia un nou referent, però a més ja es podia assegurar que era un col·lectiu una mica més lliure.

Mesos més tard, jo i la Mireia ens vam casar. Ens va fer moltíssima il·lusió (i més després de l'horror que va haver de passar) fer padrina a l'Anna. Va ser una festa increïble amb moltíssima gent de tot tipus perquè aquella celebració va resultar convertir-se en un tribut a l'amor, vingui d'on vingui i s'estimi qui s'estimi. Tots plegats havíem descobert que calia trencar tabús, com més millor, perquè ningú mereix ocultar-se del que és en realitat.

Anys més tard, quan ja començàvem a caminar a prop de la quarantena, després de múltiples dies i nits per recordar, l'Anna finalment va descobrir un company de viatge amb qui definitivament passaria les últimes dècades de la seva vida.

Tan madura va ser la seva relació, que van decidir iniciar els tràmits per a l'adopció d'una nena boliviana. Aquest també va ser un procés lent i complicat... però sincerament, comparada amb la vida que havia tingut l'Anna, allò va ser més suportable. I sí, va ser una altra barrera que la meva companya també va superar. A més, va tenir el detall de fer-me'n padrí a mi, retornant-me el favor d'haver-la fet a ella padrina de casament.

La veritat és que la història de l'Eric i jo es va convertir, de forma màgica, en la història de l'Anna i jo. Sincerament crec que en aquest cas allò de 'segones parts mai són bones' va passar a ser una autèntica fal·làcia. He de dir que vaig acabar estimant mil vegades més a l'Anna que a l'Eric. I sabeu per què? Perquè l'Anna era mil cops més autèntica que el meu amic de la infància.

I gràcies a ella, les seves amigues també van trobar la inspiració i la voluntat necessària que es requereix per millorar la societat que ens envolta.

La Núria va arribar a optar a un premi europeu de ciència de màxim renom que malauradament al final no va guanyar, però que li va donar prestigi per seguir investigant sobre el genoma humà, que era el que més li apassionava. Un dels seus equips va desenvolupar un tractament per tal de fer més senzilla la transició sexual d'home a dona en nens menors d'edat.

La Joana va reconduir la seva vocació de periodista i es va convertir en presentadora d'un dels programes de reportatges més coneguts arreu del món a causa, en part, que va voler dedicar els seus esforços en fer productes audiovisuals de conscienciació social, començant per denunciar els abusos que patia la comunitat transsexual. Ella va exercir com un gran altaveu per potenciar la integració i la solidaritat en aquest àmbit.

Jo personalment, amb l'Anna vaig tenir la gran sort de compartir tota la resta de la meva vida. Vam fer un munt de sortides amb els nens, estius a un apartament davant la platja de Torredembarra que llogàvem conjuntament, vam compartir inquietuds de pares que busquen educar de la millor forma als seus fills, nits de copes de vi inacabables amb debats profunds i també de tremendament estèrils, moltes nits memorables de Sant Joan... la nostra vida va seguir com la que sempre hauríem d'haver tingut: la de dos amics que s'estimen moltíssim des de petits.

I sabeu el millor de tot? Que les generacions que van seguir després de la nostra ja no sabien de què parlàvem quan els hi xerràvem de maltractament, abús o faltes de respecte envers els transsexuals. Això sí, calia seguir educant perquè això quedés en l'oblit i no ressorgís mai més.

L'Anna no en va ser conscient, però el seu compromís per voler ser ella mateixa, va ser la llavor per a transformar una societat.

Capítol 21

Tots som únics

Actualment estic a punt de complir la setantena, ja estic jubilat i dedico tot el temps a realitzar tots aquells propòsits que un té a la vida i que no es poden realitzar per culpa d'aquesta agitada societat, on se't marquen totes les pautes i no hi ha temps pràcticament ni per pensar en un mateix. Fa un any i escaig la meva amiga Anna va morir després d'haver patit un atac de cor (potser derivat del gran nombre d'operacions a les quals es va sotmetre) i vaig tenir l'enorme necessitat d'explicar la seva existència i plasmar-la en un escrit.

La naturalesa de vegades deixa al descobert les seves febleses i en aquest cas, va donar dins el cos de l'Eric, la mentalitat i sexualitat d'una dona heterosexual. La seva existència no va ser gens fàcil i realment la vida va ser molt cruel amb ella, encara que va cometre un error molt greu convivint hipòcritament amb la Susanna, negant el que ella era per naturalesa. Que ella no s'acceptés en un primer moment va provocar la tràgica mort d'una tercera persona, conseqüència crua del que pot significar viure en un mentida constant.

De vegades no ho pot semblar, però quan ens enganyem a nosaltres mateixos, no només és perillós per la pròpia persona, sinó pels que la rodegen. No hi ha res pitjor al món que descobrir que la teva vida no és realitat, sinó pura fantasia.

Tot i així, posteriorment la meva amiga va ser valenta fent el que sentia que havia de fer per ser feliç amb sí mateixa. A partir d'aquell moment, sempre va saber tirar endavant i afrontar tots els problemes que hagués pogut tenir sense perjudicar als altres.

També us puc assegurar que l'Anna va exercir com una gran tieta del meu fill, ja que com que jo no tenia germans, ella va ser un dels seus grans referents familiars.

La seva història es va fer famosa i va servir per a moltíssima gent que, com ella, no se sentia reconeguda dins el seu aspecte. I el més important, va aconseguir que la tolerància vers el seu col·lectiu millorés exponencialment. Es pot assegurar amb contundència que l'Anna va deixar un món molt més digne i just del que es va trobar i segurament això és el millor del que pots presumir a la vida.

En les èpoques on les coses no van gens bé i sembla que tot se'n vagi en orris penso en ella, en la seva voluntat de créixer sempre com a persona encara que les circumstàncies no li fossin favorables. A la vida sempre es pot estar pitjor o millor però mai hem de donar la culpa al destí, perquè per dures que siguin les coses, sempre hi ha una petita opció per millorar.

Cal retrobar-se amb un mateix dia a dia. En l'instant en què no ens reconeguem a nosaltres mateixos, serà el moment en què haurem de tornar-nos a conèixer de nou. La identitat no es perd mai. Tots som únics.

Printed in Poland
by Amazon Fulfillment
Poland Sp. z o.o., Wrocław